법정 스님이
두고 간 이야기

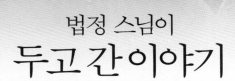

법정 스님이
두고 간 이야기

30여 년간 법정 스님 곁에서 보고 배운 것들

고 현 글·그림

수오서재

스승을 그리며…

"모든 분들께 감사드립니다. 제가 저지른 허물은 생사를 넘어 참회하겠습니다……."
대국민 사과를 하고 법정 스님께서 육신을 바꾸셨다. 그리고 가까이 있었던 승속의 제자들에겐 몇 가지 유훈을 남기셨는데 그 끝자락에 이런 말씀이 있었다.
"말빚을 남기고 싶지 않으니 모든 책은 더 이상 출간치 말라."

그래서 당신의 모든 책들은 출판이 금지되어 버렸다. 그리고 벌써 6년……. 지금도, 몇십 년씩 지근거리에서 스님께 배웠던 참 제자들 대부분은, 경솔한 처신으로 혹여 스승의 함자를 헐까 두려워 넘치는 역량을 수심修心 속에 감추며 말없이 살아들 가고 있다. 나 또한 그렇게 살았고, 이러저러한 법우들의 염려를 잘 알면서도 결국 기억과 추억이 점점 흐려져 간다는 두려움 때문인지 기어이 어쭙잖은 글을 써서 경량의 허물을 노출하고 말았다.

많은 날을 생각해보았다. 그리고 스스로에게 묻고 또 물은 끝에 몇 가지 변명을 찾게 되었다. 갈수록 독서가 외면당하는 인터넷 세상에 어느 누가 시간을 붙잡아놓고 출판금지 되어버린 30여 권에 이르는 스승의 저서를 찾아서 읽을까? 이렇게라도 개인적인 인연을 풀어놓게 되면 갈수록 희미해져 가는 스승의 존재감과 가르침이 다소나마 속도가 늦춰지지 않을까? 그래서 법정 문하 도반들의 거친 눈매가 건너올 줄 알면서도 '너 마저?' 기어이 붓을 들고 말았다.

또 우리는 스님의 글이나 저서, 법회 등을 통해서 마음살림, 인생관리, 종교와 철학, 자연의 내면, 무소유와 나눔 등 더없는 진리를 배웠다. 그럼에도 많은 이들은 스님의 본래 성품, 개인적 습관, 인간적 모습 등 가려져 알지 못하는 부분에 대해서까지 더 알고 배우고 싶어했다. 그래서 턱밑 배움 경험자로서 기억나는 데까지 사실과 진실을 전해주고 싶었다.

그리고 이쯤에서 나 자신을 되돌아보고도 싶었다. 젊은 시절 스님께서 격려해주셨던 '불교미술 현대화, 불교디자인 개척화'의 화두를, 지난 세월 얼마나 제대로 챙기며 살아왔는지 한 번쯤 자기점검을 해보고 싶었다. 이제 스승의 유지가 지켜보는 남은 후반생, '시각포교와 나눔의 삶'을 위한 자성의 시간을 가져보기 위해, 스승의 화두이기도 했던 '나는 누구인가?'를 더 내밀하게 찾아보고 싶었다.

그러나 어쭙잖은 글로 인해 낯익은 인연들이 혹여 마음 다치지나 않을까, 문학을 하시는 선배들을 제쳐두고 글을 쓴다는 등 스스로의 저항과 고뇌 또한 만만치 않았다. 그래서 실명, 목차, 내용 확인 등 고치기를 수십 차례, 탈고를 해놓고도 1년을 머뭇거렸다. 글 속에 관계된 승속의 실명 인연들에게 두 손을 모으며 허리를 굽힌다. 나 하나 태워서 스승이 더욱 빛날 수 있다면……. 널리 해량海諒하여 주시길 간절히 기도한다.

스님과 함께했던 빛바랜 세월을 늘 회상해보다가 30여 년 동안 일기장 속에 박제된 묵은 추억들을 되살려보았다.

그리고 당신께 배운 '무소유'에서 '아름다운 마무리'에 이르기까지 '영혼의 모음母音'을 안고 미력한 졸작이지만 본인의 소품도 함께 실어 열반 6주기를 맞아 스님의 영전에 바치고 싶었다.

2016년 3월 6주기를 앞두고
우천 합장

차
례

불일암 시절

스님의 능청

야산 계곡에는 아직도 잔설이 남아 있는 2월 말의 조계산 자락, 봄은 아직인데 겨울은 이미 열반에 들고 있었다. 개학이 되기 전에 스님을 한 번 더 뵙고 싶어 불일암에 올랐다. 마침 스님은 털벙거지를 쓰고 대나무에 낫질을 하면서 어떤 정장 차림의 낯선 처사분과 대화 중이었다. 내가 몇 달 만에 인사를 하는데도 받는 둥 마는 둥 대화 내용이 엉뚱했다.

"스님, 그랑께 법정 스님을 모른다 그 말이지라우?"

"아, 글쎄 몇 번을 말해야 아시겠소. 법정인지 법당인지, 그런 스님 안 계시니 법정을 찾으려면 재판소나 법원으로 가실 일이지 왜 산에서 찾으시오?"

"다 알고 왔어라우. 지금 가면 계실 거라고 종무소에서 알아보고 왔당께요."

억센 전라도 남쪽 지방 사투리였다.

"그래요? 종무소까지 들렀다 왔어요? 허어, 거 참, 눈 밝은 사람은 못 속인다 하더니, 할 수 없구먼. 사실 그 법정 스님, 점심 공양 끝내고 조금 전에 산으로 나무하러 가셨습니다."

시치미 딱 떼고 오리발 내미는 스님의 능청, 007 가방을 들고 서 있는 한 처사의 난감한 표정, 나는 금방이라도 웃음이 터질 것 같아 슬며시 자리를 피해드렸다. 처사는 스님의 얼굴을 모르고 있었다.

"진작 그렇쿠롬 말씀하실 것이제. 그라면 언제쯤 오실께라잉?"

"글쎄요. 해 떨어질 무렵에나 오시겠지요. 그런데 그 법정 스님을 왜 자꾸 찾으시오?"

"워매, 베레부렀구마잉. 새로 나온 세계위인전집이 워낙 잘 나와서 스님한테 권해볼라고 여기까지 올라왔는디, 에이 참! 날 새부렀구마. 날 새부렀어."

"누가 법정 스님한테 가면 그 책 사주실 거라고 하던가요?"

"누구긴 누구여라우. 박정희도, 전두환이도 못 해 보는 그 유명한 스님 아니시오. 나도 해남이 고향인디. (스님의 속가도 해남이다.) 까마구도 고향 까마구가 반갑다고 안 합디여. 법정 스님은 진짜 사줄 것 같아서 이 산꼭대기까정 왔는디, 에이 참, 환장하겠네잉. 거시기, 스님은 책 안 필요하시오? 내가 싸게 해드리께라우."

"나는 책만 보면 머리가 깨질 것 같아 경전도 잘 안 봅니다."

토굴 모퉁이에서 몸을 가린 채 두 사람의 대화를 듣던 나는 웃음을 참느라 입을 틀어막아야 했다. 아, 스님한테 저런 능청스러운 모습도 있었던가.

"에이 참! 해필 오는 날이 장날이라드니, 환장하겠네잉. 그란디, 그런 유명한 스님도 나무하러 다니시오?"

"그럼요! 속가에서는 뭐라 하는지 몰라도 산에 오면 밥도 짓고, 나무도, 빨래도 손수 해야 제대로 사는 중노릇이지요."

"그렇게 유명한 스님도 절에 오면 별 수 없구만이라잉."

"법정 스님, 아까 마을 인부 데리고 설해목 치러 간다고 올라갔으니 해 떨어진 뒤에나 내려오실 거요."

스님은 어서 포기시켜서 내려보내려고 설명을 구체적으로 했으나 그 처사도 만만치 않았다.

"스님, 머시냐 그…… 설해목이 뭐다요?"

"고향이 해남이라면서 설해목雪害木도 몰라요? 아, 겨울에 쌓인 눈의 무게를 견디다 못해 부러져버린 죽은 나뭇가지도 몰라요?"

"아, 그거요. 아이고, 다리품 팔아 여기까정 왔는디, 미치겠네잉."

"법정 스님 오시면 내가 전해드릴 테니 뭐, 명함이라도 한 장

놓고 가시던지요."

"워매, 그래 주실라요. 고력게만 해주신다면 허벌나게 감사해 블지라잉. 이거 우리 출판사에서 이번 봄철에 전략적으로다 맹근 것인디요. 세계위인전집 말고도, 이건 한국문학전집하고 브리태니카 사전 찌라시구만이라우. 그라고 이건 지 명함인디, 잘 좀 전해주시요잉. 진짜 꼭, 잘 좀 부탁합니다잉."

"알았습니다. 틀림없이 전해드리겠습니다. 산에서는 해가 일찍 떨어지니 저물기 전에 서둘러 내려가십시오."

"고맙구만이라우. 그란디, 스님은 법명이 뭣이당가요?"

"알아서 뭐하시게요? 그저 키가 큰 중으로나 알아두시오."

"아, 불일암에 키가 큰 스님, 키 큰 스님, 큰 스님…… 큰 스님! 그럼 또 뵙것습니다."

법정 스님은 '큰 스님'이란 소리에 아차, 싶은 표정이셨다. 잠시 난감하신 듯했으나, 또 대화가 길어질까 싶어 그냥 웃으면서 그 처사를 하산시켰다.

당신 말씀대로 산속에 혼자 살다 보면 별의별 사람들이 다 찾아오니 미안해하면서도 무고한 사람들에게 어쩔 수 없이 거짓말도 하게 된다고 곤혹스러워하셨다.

얼
음
선
사
　
일
갈

　　　　　　서울에 일이 있어 상경을 준비하던 차
에 갑자기 스님의 연락을 받게 되었다. 일을 끝내고 약속한 시간
에 송광사 서울 말사인 법련사에 들러서야 송광사 회보 편집디자
인 때문이라는 것을 알았다. 불일암도, 내 화실도 아닌 제3의 장
소에서 뵙기는 처음이었다.

　스님은 이미 낯선 불자 세 사람과 만나고 계셨다. 들어오라 해
서 방으로 들어갔으나, 분위기가 심상치 않았다. 스님은 세 사람
의 면상을 번갈아 뚫어지게 바라보면서 표정이 굳어져 계셨다.

　"종단의 질서를 바로잡기 위해서 큰 스님께서 꼭 나서주셨으면
합니다."

"차나 드시오."

"큰 스님, 결심만 굳혀주시면 뒷일은 저희가 책임지겠습니다."

"어서 차나 드시오."

스님의 목소리가 점점 팽팽해짐을 느낄 수 있었다.

"큰 스님! 큰 스님 정도의 영향력이면 큰돈 들이지 않고도 가능합니다. 지금 움직이고 있는 몇몇 스님들은 결코 합당한 인물들이 아니기에 염려되어 찾아온 것입니다."

종단의 어려움은 이해가 되었으나 스님의 유명세만 염두에 두고 권력승이 되라고 총무원장 출마를 권하고 있었던 것이다. 스님의 성품이나 빛깔을 너무도 모르는 이들이 어쩐지 불안 불안 했다.

"쓸데없는 말씀 그만하시고 차나 듭시다."

"큰 스님, 다시 한 번 깊이 생각해주십시오. 이런 기회 두 번 안 옵니다. 저희들이 한두 번 생각하고 여기 찾아온 게 아닙니다. 큰 스님!"

스님은 더 이상 참지 못하고 불편한 심기를 드러내기 시작했다.

"이봐요! 나는 전생에 총무원장뿐만 아니라 종정까지 다 해먹은 중인데 이생에 와서 뭘 또 하란 말이오?"

"……."

"그리고 거 자꾸 큰 스님, 큰 스님 하시는데 내가 키가 커서 큰 스님이오? 목소리가 커서 큰 스님이오?"

　처사들은 갑자기 기습을 당하자 한순간 말문이 막혀 어리둥절
해하더니 이내 정신을 차리고, 다른 무기를 들고 다시 반격에 나
섰다. 한 처사가 전혀 엉뚱한 제안을 한 것이다.

　"스님! 정 싫으시다면 좋습니다. 총무원장 출마가 부담스러우
시다면 ○○ 교구 본사 ○○사의 방장方丈 자리에 큰 스님을 모셨
으면 하는 의견이 많은데 그건 어떻게 생각하십니까?"

　"이것 보시오! 방장인지 모기장인지 잘은 모르겠지만, 도대체
중 벼슬 몇 개쯤 가지고 다니면서 장사하는 거요?"

　"네에? 큰 스님, 너무하십니다. 큰 스님 정도 되시는 분이 이도
저도 다 싫다 팽개치시면 장차 이 나라 불교는 어쩌란 말입니까?"

　"뭐요? 이 나라 불교!"

　드디어 스님은 아예 표정관리를 포기하신 채 눈빛에 칼날을
얹어 확 쏘아보셨다. 아, 저 눈빛! 처사들은 더 이상 그 칼빛에 버

티지 못하고 아무 소득도 없이 일어서서 하직인사를 드리려 자세를 취하자 마지막 쐐기를 박아버렸다.

"당신들이 걱정 안 해도 한국 불교는 여기까지 왔소! 또 누구한테 가서 장사할지 모르겠지만, 그 따위 행동이 불자들이 할 짓이오?"

냉혹하게 한마디 찍어놓고 인사고 뭐고 당신이 먼저 방을 나가버렸다. 두 번 다시 만날 일 없을 듯한 언행이었다. 처사들은 얼굴이 납덩어리가 되어 이를 악물고 떠났다.

무연중생 제도불능無緣衆生 濟度不能이라 했던가. 인연 없는 중생은 제도할 수 없다고 했듯이 참 안타까운 모습들이었다.

스님은 아직도 불편함이 풀리지 않으셨는지 모두 다 들으라고 또 한 번 더 큰 소리로 일갈을 던졌다.

"저 처사들이 이 시간에 내가 여기 있으리라 어찌 알고 왔겠소?"

"……."

"여기 계신 스님들이 저 사람들한테 시달리다 못해 알려주었겠지만, 차후 이런 일이 또 있으면 이 법련사도 발길을 끊겠소!"

"……."

분위기가 너무도 무거웠다. 여기 스님들이 불벼락 맞는 것도 민망한 일이고, 나와 스님과의 첫 만남도 생각이 나서 부득이 조심스럽게 한 말씀 드리지 않을 수 없었다.

"스님, 여기 스님들이야 무슨 잘못이 있겠습니까? 곁에서 지켜본 제가 민망해서……."

"뭐요? 다 함께 들으라고 한 거요! 저 친구들과 통하는 부분이 있었으니 이런 자리가 만들어진 게 아니오! 내게 두 번 다시 중벼슬 권하는 놈은 내 공부 훔쳐가는 마구니들이야!"

아, 저 눈빛! 그것은 차라리 칼날이었다. 떠나간 처사들은 공부에 뜻을 두기보다 속리俗利에 더 밝을 것 같다는 생각이 들어 안타까웠다. 그들이 상처받은 자존심을 안으로 굴려 숙제로 삼았으면 좋으련만, 당사자인 스님보다 이미 전과자인 내 마음이 더무거워 스님과의 첫 인연을 잠시 회상해보았다.

1

      요즘은 일반화된 디자인, 그래픽, 비주얼 등의 용어가 상업미술, 도안, 응용미술 등으로 불리던 시절이 있었다. 나는 그 분야의 추천작가가 되기 위해 학부 학생 때부터 피 말리는 경쟁에 뛰어들었다. 추천작가가 되기 위해서는 특선 이상의 수상을 연속 세 번을 하거나 입선, 특선, 낙선이 섞이게 되면 아홉 번 입선 이상의 경력이 필요했다. 그래서 일 년에 고작 한두 명이 추천에 오르는 평균 3백 대 일의 바늘구멍을 통과해야 하는 어려운 일이었다. 국가에서 시행하는 50년이 된 '대한민국 산업디자인', 이 전람회는 디자인을 전공하는 사람들의 등용문으로 그때나 지금이나 경쟁은 여전히 치열하다.

그 무렵 한 젊은 스님으로부터 '부처님 오신 날' 기념카드를 만들어보지 않겠느냐는 제안을 받게 되었다. 지금은 경복궁 앞에 대궐같이 변해버린 대리석 사찰이지만 그때는 보통 사람의 키에도 머리를 숙여야 들어갈 수 있는 초라한 한옥 법련사에서 작업은 시작되었다.

나름대로 불교 일러스트레이션을 꾸준히 습작해왔고 워낙 젊고 과문한 때라 겁도 없이 9점을 그려서 9만 장을 찍었다. 불교에 처음 그래픽 테크닉을 도입했던 탓인지 인쇄 3주 만에 완전 매진, 없어서 못 팔았다. 그리고 관심 갖고 찾아와준 기자들 덕분에 불교계에 이름이 오르내리기 시작했다.

'디자인, 불교를 만나다', '응용미술이 불교를 깨우는 신선한 충격', '불교계에 부는 디자인 바람' 등의 기사 제목은 나를 '자고 일어나니 스타'로 만들어놓았고 어쩌면 당연한 것처럼 아상我相과 교만의 늪에 빠져들고 있었다.

불교와 인연 있는 인사들을 만나면 그동안 난독 잡독을 통한 몇 줄의 현학衒學거리로 어쭙잖은 법거량法擧量을 던져 상대의 당혹을 즐기던 어처구니없는 젊음이었다.

"선방 안거철에 화두를 들 때 시심마是甚麼와 마삼근麻三斤의 차이를 아십니까?"

"스님은 지금 막행막식에 무애행無碍行이 다반사신데 원효의 소성거사 시절 그것과는 어떤 차이가 있소?"

돌이켜보면 지금도 얼굴이 화끈거린다. 참으로 구상유취가 자
아도취를 만나 기고만장이 오만방자하던 대책 없는 아상덩어리
였다.

발표한 기념카드에서 한번 주목을 받게 되자 주문이 줄을 이
었다. 다시 연말에 연하장 10점을 발표하고 나니 조계종단에서
부처님 오신 날 봉축 포스터 의뢰가 들어왔다. 종단 포스터가 전
국 사찰에 도배가 되자 이번에는 캘린더, 카탈로그, 책 표지, 캐
릭터에 이르기까지 대박이 나고 있었다. 수요는 넘치는데 혼자
일을 하다 보니 오라는 곳도, 갈 곳도 많았던 오지랖 펄럭거린 천
방지축이었다.

낙하를 모르는 승승장구의 기린아, 겸손의 실체가 무엇인지도
몰랐던 풋내기 강사, 나의 30대 출발은 그렇게 시작되었다.

2

그 무렵 한 중견스님으로부터 프러포즈가 왔다. 불가에서는 거
의 모르는 사람이 없을 그 스님으로부터 '산 위에서 부는 바람
시원한 바람이라. 먹장난'이라고 휘갈겨 쓴 '닥종이 손부채' 선물
이 한 젊은 스님을 통해 전해져 왔다. 생각지도 못했던 관심표명

이었다. 그는 박정희 군사독재에 정면으로 맞섰던 불교계의 상징이었다. 그리고 1980년, 5.18 광주 토벌의 무자비한 총질로 제2차 군사정권이 그들만의 잔치를 시작할 무렵인 그때도 그 스님은 여전히 보호(?) 대상이었다. 아직 친견의 인연은 없었지만 그의 책과 언행을 통해 늘 가슴속에 그를 품어오던 터라 바로 찾아 나섰다.

생면부지인 나한테 부채를 보낸 건 무슨 의미일까, 조계산 호랑이라 하던데 정말 그런 눈빛일까. 부채에 쓰인 '먹장난'이란 표현처럼 넉넉한 성품일까. 첫 만남의 기대 반 설렘 반이었다. 아득히 들리는 뻐꾸기 소리가 산 안에 가득했던 남도의 늦봄 오후였다.

"어떻게 오셨습니까?"

첫 대면 첫마디치고는 어딘지 차가웠다. 그래도 첫 만남이라 두 손을 모으고 인사를 올렸다.

"스님께서 부르시지 않았습니까?"

이젠 습習이 붙은 시건방진 선문답이 바로 튀어나왔다. 그 순간 나를 확 쏘아보는 그 눈빛! 팽팽한 긴장도 찰나였다.

"나 당신 같은 사람 부른 일 없소!"

눈빛도 사람의 것이 아니었다. 아차! 싶었다.

"저어…… 스님, 저는 광주에서 찾아온…….."

말이 미처 끝나기도 전에 매서운 칼날 같은 일갈이 다시 날아왔다.

"일없소! 내 거처에서 당장 나가시오!"

"저어…… 스님 제가 실수를 했……."

"당장 나가라는 말 못 들었소!"

노기마저 번진 완강한 거절. 찌르는 듯한 눈빛 때문인지 혼이 빠져버렸다. 더 머물다간 어떤 사단이 벌어질지 모를 단칼의 기세였다. 문전축객門前逐客!

이런 경우도 있는 것인가? 한마디 말이 거슬린다고 사람을 이렇게 막 대해도 되는 것인가. 허어, 문전박대도 아닌 문전축객! 이것이 이 스님의 실체였던가……. 내 평생 처음 당한 어처구니없는 굴욕이었다.

한 달쯤 지나 부채를 전해준 젊은 스님이 찾아왔다. 내가 감정을 숨기지 않고 본능대로 폭발하자 그는 이렇게 위로했다.

"예나 지금이나 군인들이 싫어하는 스님인 데다 지금도 정보과 형사들이 광주사태 피신 학생들을 찾는다고 툭하면 올라와 암자를 뒤지곤 합니다. 보름 전에도 승주 경찰서에 연행되어 이틀 동안 달달 볶이다 오셨습니다. 상황이 이러니 산에서 혼자 사는 사람은 낯선 사람이 찾아오면 긴장할 수밖에 없습니다. 신분을 먼저 밝히지 그랬습니까?"

그는 웃으면서 정황을 말해주었지만 내 얼굴엔 이미 핏기가 사라지고 없었다.

30대 초반 국가에서 인정하는 추천작가에다 이미 교계에서 모셔지는 잘나가는 교수의 시건방은 전혀 자기성찰의 과정을 거치지 못하고 있었다. '흥, 이해 좋아하네. 사람을 개 쫓듯 해놓고 이제 와서 이해? 그 따위 무자비로 무슨 중노릇을 해!'

자존심에 대한 심각한 상처는 굴욕감, 모멸감 때문에 바늘로 건들기만 해도 터질 지경이었다. 어디서 그 중 법명만 들어도 끓어오르는 용광로가 되어 분노심이 지글거렸다. 무슨 뜻으로 보냈는지 모르지만 그가 보내준 그림 부채는 며칠 동안 내 화실에서 신주 단지 모셔지듯 하다가 어느 사이 신발장 구석에 처박히게 되었다. 난행난고亂行難苦의 시절이었다.

1년이 가고 2년이 지났다. 내게 부채를 전해준 젊은 스님은 눈치가 있는지 없는지 기회만 있으면 내 화실을 찾아오곤 했다.

"한 달에 한 번씩 절에서 회보를 찍는데 그 스님께서 반드시 교수님께 자문을 받아 작업을 하라 하십니다."

또 어느 날은 이런 말도 전해주었다. '불교는 과거만 있지 현재가 없다. 불교의 시각포교도 만날 울긋불긋한 원색이나 어쭙잖은 달마 초상화 가지고 현대인들을 어떻게 설득할 수 있겠는가. 고 교수 같은 젊은 인재들이 교계에 계속 충격을 줘야 한다.'

또 2년이 지났다. 나를 그렇게 내쫓아놓고 마음에 걸렸던지, 아니면 젊은 놈 하나 꺾어놓은 것이 안쓰러웠던지, 이도 저도 아니면 당사자는 말이 없는데 이 젊은 스님이 나를 화해시키기 위해 부단히 애쓰고 있는 것인지…… 기회 있을 때마다 소식을 전해 주거나 새로 나온 책을 보내주곤 했다.

그러나 내 마음은 이미 시멘트처럼 굳어져 그 어떤 위로도 들리지 않았다. 무거운 침묵으로 일관한 채 그들만의 짝사랑이 4년째 이어지고 있었다.

3

어느 날 나는 주한 스리랑카 초대 대사 마헨드란과의 인연으로 스리랑카 문화성의 초청을 받게 되었다. 3개월 동안 성지순례 겸 남방불교미술 연구차 인도양의 진주라는 실론 섬에서 여름 한철을 보내게 된 것이다. 나는 박물관, 유적지, 고찰古刹 등으로 답사를 다니며 지내는 동안 한국에서 유학 온 세 분 스님들과 자연스럽게 가까워졌다.

이미 젊은 날 오래전에 금생의 인연을 거두어버려 아직도 내 기억의 한편에 씁쓸한 파편으로 남아 있는 현음 스님, 지금은 중앙대학 근처의 상도선원장으로 계시는 옥스퍼드 박사 출신의 미산 스님, 미국 보스턴의 미타사와 김포 홍원사 주지를 겸하고 계시는 성오 스님. 이들은 이미 30여 년 전에 남국의 스리랑카에서 위빠사나 공부를 하고 계셨던 눈 푸른 인연들이다.

스리랑카는 매월 보름날이면 '포야 데이'라는 행사가 사찰마다 열리는데 어느 날 세 분 스님들과 그 행사를 보기 위해 한 사찰을 찾게 되었다.

스리랑카는 사찰 경내에 들어서면 승속僧俗 모두가 맨발로 다니게 되어 있다. 우리 일행은 문화성 배려로 사전에 연락이 되어 그쪽 스님들과 만나 차담을 나누고 나오는 길에 한 가족들과 마주치게 되었다. 포야 데이 때는 모두가 하얀색 전통의 사리를 입는데 그들도 아이들을 포함한 온 가족이 품위 있는 깔끔한 차림이었다.

그쪽 스님들은 짙은 오렌지색 가사였으나 우리 스님들은 한국에서 입던 평상복의 회색 상하 동방 차림이었다. 그러나 삭발 모습이 승려로 보였던지 처음 본 젊은 내외가 유창한 영어로 몇 마디 말을 붙여왔다. 그러더니 어! 부부가 동시에 맨땅 위에 정중하게 무릎을 꿇는 것이 아닌가. 그러곤 두 손으로 스님들의 발을 조심스럽게 감싸안고 그 발등 위에 이마를 내렸다. 말로만 들었던 두면예족頭面禮足. 가슴 뭉클한 감동으로 다가왔다.

세 분 스님들도 합장한 채 허리를 굽혀 반 배로 답례했다. 우리들도 법당 안에서 부처님께 오체투지로 큰절을 올리지만 맨땅에서 흙발 위에 올리는 이들의 하심下心은 처음 본 것이다.

잠시 후, 그 모습을 가만히 지켜보던 두 명의 어린 고사리 손들도 부모가 하는 모습 그대로 스님들의 흙발 위에 머리를 숙여 이

마가 닿았다. 가슴 조여든 충격이었다.

이때, 두세 걸음 뒤 휠체어에 앉아 있던 한 노인이 젊은 내외와 싱할리어로 몇 마디 주고받더니 이내 몸을 움직였다.

우리 스님들이 눈치를 채고 만류했으나 그 노인은 젊은 내외의 부축을 받아 맨땅 위로 비틀비틀 겨우 내려앉았다. 그리고 굽은 등과 함께 서리 같은 하얀 머리가 천천히 스님의 발등 위에 내리는 순간 아! 백발병자의 가녀린 모습, 나는 거기서 문득 내 어머니를 보았다. 나도 모르게 울컥 눈시울이 젖어버렸다.

남국의 석양 위로 바람 한 자락이 지나가고 있었다.

우리는 그 바람을 안고 보리수 그늘 밑으로 자리를 옮겼다. 젊은 남자는 캔디대학 경영학과 교수로 나와 동갑이었다. 84세의 노모는 젊은 시절 영국을 상대로 독립운동을 했던 여장부로 20여 년 전 적십자사 총재를 지냈던 분이었다.

처음 만난 자식 또래의 이국 스님들에게 걷지도 못하는 병자가 정성을 다해 올리는 하심의 모습, 그 노모를 다시 등에 업어 휠체어에 모시는 아들 내외의 지극한 효심, 손수건에 물을 적셔와 스님들뿐 아니라 내 발등까지 닦아주는 일곱 살, 다섯 살 어린 남매의 아, 수정 같은 눈빛들…….

이 모든 모습들은 먹먹한 목멤으로 나를 흔들어 깨우고 있었다. 3대 가족이 이룬 감동과 충격, 그것은 진정한 부처님의 제자들만이 행할 수 있는, 그 어떤 아상도 교만도 끼어들 수 없는 순수한 바라밀의 참모습이었다.

4

사원에서 받은 충격 탓인지 그날 밤 숙소로 돌아와서도 쉬이 잠을 이루지 못했다. 두면예족이 던져준 화두에 빠져 멸상滅相의 하심下心을 하염없이 따라가고 있었다.

그러다가 문득 어디서 나타났는지 '어떤 중'이 실루엣처럼 갑자기 끼어들었다.

침대에서 벌떡 일어났다. 그리고 다시 누웠다 일어났다를 반복해보고 고개를 세차게 도리질도 해보았지만 그 어떤 중은 결코 떨어지지 않았다. 스탠드 불을 껐다 켰다, 창문을 열었다 닫았다, TV를 끄다 켜다, 물도 술도 마셔보고 별짓을 다 해봤지만 한번 그 중에게 붙잡히게 되자 헤어날 수가 없었다. 가슴이 터질 것 같은 참담한 이국고異國苦를 혼자서 몸부림치며 겪고 있었다.

시간이 얼마나 지났는지, 혼자 마신 몇 잔의 술 때문일까, 안절부절못하던 발광은 끝내 눈물을 불러오고 말았다. 에이 빌어먹을! 이 나이에 이 무슨 청승인가. 그러나 한번 터진 눈물은 건잡을 수가 없었다. 애써 정신을 차리려 해도 나는 덫에 걸린 들짐승의 절규를 따라가고 있었다. 결국 그날 밤 얇은 휴지 한 통이

바닥이 날 때까지 흐르는 눈물을 멈추질 못했다.

나 스스로 지니고 있던 분노의 덩어리가 3대가 보여준 하심의 모습과 겹치고 또 겹치면서 내 가슴이 무너져 내리는 통한의 아픔으로 되살아나고 있었다.

4년 동안 콘크리트 벽 속에 갇혀 있던 자존심이라는 아상이 백발노인의 하심 앞에 무너지고 어린 남매의 눈빛 앞에서 조각조각 부서져 내리고 있었다. 분노와 상처의 자리에 스리랑카의 눈물비가 자리를 바꾸면서 하심과 겸손의 단어를 뼛속에 새기는 성지순례의 참회였다.

과거를 뉘우치는 것이 참懺이고 다가올 잘못을 예방하는 것이 회悔라고 배웠다. 또 진실된 참회란 인간의 내면에서 가장 승화昇華된 정신적 현상이며 참회에 동반된 눈물 또한 자기초월적 정서라고들 한다. 나는 지금껏 어떤 기억을 해체해봐도, 아마 평생 흘렸어야 할 눈물을 스리랑카에서 다 쏟아버렸지 않나 싶다.

만에 하나 그렇게 하고도 끝내 씻어내지 못한 증오나 원한이 그대로 남아, 그것들이 내 인생 전체를 흔들고 끌고 다녔다면…… 상상만으로도 그 끔찍함에 소름이 돋는다.

분노가 끓어오르거나 폭발된 원인은 자신의 생각과 주장이 죽어도 옳다고 고집하는 지사불굴至死不屈의 아상에서 시작된다. 그리고 대다수 사람들은 원인 제공은 잊어버리거나 자기합리화로 포장하면서 상대에게 받은 결과에만, 즉 상처받은 자존심에만 집착하여 내상을 더욱 키운다. 그러다 결국 스스로 만든 트라우마에 스스로 갇혀 뿌리 깊은 업독業毒이 되어 다음 생까지 끌고 간다. 이러한 일련의 과정들을 처절하게 체험하고서야, 스리랑카 여정이 내게 베푼 사무친 깨침이었다.

5

스리랑카 충격 이후 나는 지난 세월을 살아오면서 몇 가지 바뀐 습習을 갖게 되었다. 그것은 두 번 다시 아상에 갇히지 않고 상을 멸할 수 있는 나만의 방법이었다.

우선 매사에 자제하고 참는 진심嗔心 다스리기를 위해 '결코 그래서는 안 되는 마음', 즉 불인지심不忍之心의 습관을 지금도 길들이며 살아간다.

예를 들어 사찰을 자주 찾다 보니 출가가 일천한 2, 30대 손자뻘인 새파란 풋중이 80 노보살의 삼배를 천연덕스럽게 받고 있는 아상을 만날 때가 있다. 예전 같으면 속이 뒤집어졌을 텐데, 내 업이 닦아져야 식識이 맑아지고 지혜가 열림을 이미 뼈저리게 체험했던 터, 내 업장을 닦으라고 저런 모습이 내 눈앞에 나타난 화신불이려니 생각하고 억지로라도 분노를 내려놓는다.

내 속에서 나온 자식이라 할지라도 삼보에 귀의했으면 노보살처럼 해야 한다고 생각을 바꾸게 된 것이다. 다만 삼배를 받고 있는 저 스님은 전생부터 그만한 공덕을 지었을까를 오히려 염려하면서 나 스스로 젊은 시절을 회상해보며 씁쓸하게 웃고 만다.

또 하나는 어떤 상대와 충돌했을 때 논쟁과 고집을 세워 끝까지 이겨서 원한을 남기기보다 가급적 져주는 연습을 많이 하게 되었다.

사람들 마음에는 경중의 차이는 있어도 대부분 탐·진·치貪瞋癡 3독이 있어 그 독으로 서로를 괴롭힌다. 그리고 모두들 '저놈 때문'이라고 다툼의 원인을 상대방 책임으로 돌린다. 그러나 이 또한 수많은 과거 생부터 내가 저축해온 나의 아상으로 인정해야만 그 자리에 하심이 채워지게 됨을 늦게나마 깨치게 된 것이다.

그래서 감히 중생을 사랑하는慈 부처의 슬픔悲을 배우고자 역지사지를 연습하다 보니 마찰의 슬픔과 허용의 기쁨을 또한 터득하게 되었다. 상대방이 어떤 자세와 언행으로 다가오건, 그것은 그들의 상이고 그들의 마음이지만 그 또한 젊어 한때 내 모습이기도 했다. 그래서 스리랑카 가족들처럼 하심의 폭을 넓히고자 애써 불인지심을 하고 나면 감사하게도 맑고 투명하게 정화된 나만의 평화와 고요가 거기에 있었다.

하심은 내게 있어 약자의 자위가 아니라 강자의 지혜였다.

필자는 이 글을 쓰면서 이웃의 이름을 3인칭이나 가명 등으로 썼다가 다시 고치기를 수차례, 결국 '나, 저'라는 직언과 함께 실명을 그대로 쓰고 있다. 그것은 자칫 일인칭이 주는 아상의 얼룩과, 함께했던 인연들에 대한 미안함을 염려하면서도 좀 더 진솔한 자기 고백이자, 이 내용들을 은사 스님 영전에 바치겠다는 내 가슴으로 쓰기 위해서다.

불교에 섭수문攝受門과 역화문逆化門의 가르침이 있다. 스승이 제자를 지도할 때 부드럽고 온화하게 순리대로 단계를 올려가는 가르침을 섭수문이라 했다. 역화문은 반대로 개성과 고집이 강한 제자들에겐 과격, 처벌, 욕설, 매질, 추방 등 상대를 자극과 흥분으로 몰아 지도하는 방법이다. 만약 나의 30대 초반, 가르침의 시작이 섭수문이었다면 과연 내가 이 정도라도 깨칠 수 있었을까 거듭거듭 생각해본다.

젊은 시절 문전축객 당했던 역화문의 가르침은 스리랑카에서의 통렬한 참회를 거쳐 깊은 사제지간으로 이어졌다. 그리고 나의 인생에 전환점을 긋는 이정표가 되어 오늘에 이르기까지 내 삶을 지켜주는 받침돌이 되고 있다. '어떤 중'이었던 나의 스승, 법정法頂 스님과의 인연은 그렇게 시작되었다.

스리랑카에서 돌아온 다음 해 늦봄, 나
는 성지순례의 소감을 담은 내용으로 광주와 서울에서 개인전을
열었다. 어떻게 아셨는지 광주전을 할 때 초대도 하지 않았는데
법정 스님은 젊은 스님과 함께 일부러 찾아오셨다.

"그때 먼저 신분을 밝히시지……."

민망해하시면서 위로해주셨다. 스님께서 '그때' 먼저라 하신 말
씀은 벌써 5년 전의 일이었는데 스님 역시 내내 그때의 일을 내
려놓지 못하고 계셨다.

사실 작년 가을, 귀국한 직후 심경의 변화를 감추고 스님을 찾
아뵐까도 여러 번 망설였으나 차마 명분이 없어 발길이 떨어지지

않았다. 마치 그 머뭇거림을 알고나 계신 것처럼 스님께서 나를 먼저 찾아와주신 것이다.

전람회도 끝나고 뒷정리가 마무리되자 불일암을 찾아 나섰다. 출발할 때 광주 날씨는 은빛 구름이 때 이른 초여름을 부르고 있었다. 그때만 해도 포장길 절반에 신작로 자갈길이 절반, 2시간 거리였다. 완행버스가 송광사 초입에 들어설 무렵 아차, 빗방울이 후두둑 버스 창을 때렸다.

너절한 사하촌 점방에는 그때나 지금이나 기념 타월과 염주는 있어도 그 흔한 우산은 없었다. 부득이 여름 한철 스님들이 즐겨 쓰는 밀짚모자를 하나 샀지만, 잠시 망설임이 왔다.

굵고 강한 비는 아니었다. 그러나 정류장에서부터 산길을 오르자면 한 시간은 잡아야 할 텐데, 이 비를 맞고라도 가야 되나 말아야 되나. 하필 많은 날 접어두고 이런 날을 골라 비에 젖은 모습으로 뵈어야 하나 말아야 하나. 무거운 마음을 앞세우고 산을 올랐다.

대숲을 지나 불일암 지붕이 보이자 망설임은 다시 나를 돌계단 위에 주저앉혔다. 예전처럼 내치지야 않겠지만 과연 나를 반기실지 어떠실지. 애써 담담한 마음으로 마당에 들어섰으나 차마 스님을 부를 수가 없었다. 만감이 교차했다.

이때의 감상을 스님께서 1999년 5월에 있었던 나의 두 번째 개인전 서문에 이렇게 써주셨다.

"내가 고현 교수를 처음 만난 것은 십 수 년 전 불일암에서였다. 비가 내리던 여름날 오후 마루에 앉아 비에 젖은 대숲에 눈을 팔고 있는데 그때 한 나그네가 불쑥 우산도 없이 밀짚모자를 쓰고 뜰에 들어섰다. 그가 바로 고현 교수였다. 그날의 첫 대면이 하도 선명해서 아직도 내 기억의 바다에 그가 떠 있다. (하략)"

스님께서는 나와의 첫 만남을 '문전축객 사건'이 아닌 이날로 잡으셨던 것이다. 이것은 문전축객 사건을 내가 고백하지 않는 한 스님은 결코 개봉하지 않을 것이라는 메시지이기도 했다. 그러나 30년이 넘도록 밀봉되어 집사람도 모르는 그 사건을 내 입으로 실토할 줄이야…….

그랬다. 스님의 글처럼 이날 나는 비를 맞은 채 말없이 마당에 들어섰고, 스님은 단박에 나를 알아보시고 반가워하셨다.

"참 어려운 걸음 하셨군요."

나는 말없이 합장과 목례로만 인사를 드렸다. 방으로 들어오라 하셨다. 그러나 흠뻑 젖어 있는 내 형편이 차마 들어갈 수 없어 가만히 쪽마루에 걸터앉게 되었다. 스님께서 다기茶器와 수건을 들고 마루로 나오셨다.

"내가 이 산거山居를 짓고 사람을 기다려본 건 처음입니다."

"스님…… 그간…… 죄송했습니다."

"아니 아니, 무슨 말씀. 나라도 그랬을 거예요."

'나라도 그랬을 거'라는 스님의 이 한마디에 울컥 가슴이 먹먹해졌다. 이미 전람회장에서 그것을 느끼긴 했지만 나도 모르게 빗물인지 눈물인지 이슬이 번졌다. 우리는 한참 동안 비에 젖은 대숲을 바라보고 있었다.

"스님의 역화문 가르침을 깨치는 데 5년이나 걸렸습니다. 제가 매사에 이렇게 어둡습니다."

"그렇게 이해하고 비워버린다면 오히려 내가 감사해야지요."

가벼운 바람이 대숲을 건너가고 있었다. 바람이 여름을 만나고 있었다. 스님께서는 반가부좌 모습으로 계시다가 화제를 바꾸었다.

"이번 전람회는 잘 끝내셨습니까?"

"예, 잘 끝냈습니다."

"그래요. 나는 아직 서쪽 성지순례는 못 해봤는데, 어디가 가장 인상에 남던가요?"

스님은 밝은 표정으로 내게 여행담을 청했으나 그렇다고 처음 말길이 트인 자리에서 두면예족의 충격을 고백할 수는 없었다. 가볍게 미소로만 답하고 나도 화제를 돌렸다.

"스님, 제가 가끔씩 찾아와 친견 드려도 되겠습니까?"

"삼 대 일! 세 번 와서 한 번 만나도 괜찮다면 언제든 오십시오."

스님과 나는 처음으로 눈길을 나누며 함께 웃었다. 조계산 호랑이한테도 이런 눈빛과 장난기가 있으셨던가. 나는 부채에 쓰였던 '먹장난'을 떠올리고 있었다.

"스님, 말씀 낮추십시오, 제가…… 어렵습니다."

"그래요? 앞으로 하시는 거 봐서요."

스님과 나는 두 번째 눈길을 같이하며 웃었다. 비는 어느덧 멎어가고 이따금 풍경소리가 아득하게 점을 찍으며 사라져 갔다.

그날 쪽마루에 앉아 젖은 옷을 입은 채 스님이 따라주시던 그 때의 그 차 맛. 나는 지금도 잊지 못한다.

삼
촌
과
조
카

　　　　　스님께서 서울 봉은사 다래헌 생활을
접고 조계산 송광사로 다시 입산하시던 때가 1975년의 일이다.
고려시대에 세워졌다가 폐사지가 된 예전 자정암慈靜菴 터에 다
시 불일암佛日庵을 중창하실 때 법정 스님을 도와 함께 일했던 분
이 현장 스님이시다.

　두 분 사이는 남다르게 세연이 깊어 속가 항렬로는 법정 스님
사촌누님의 아들이니 조카가 되고, 부처님 항렬로는 송광사 효
봉 문중의 법法 자 다음 현玄 자 돌림이니 사숙지간이 된다.

　앞글에서 부채를 전해준 '젊은 스님'이 바로 현장 스님이시다.

법정 스님 열반 이후에도 늘 삼촌 스님의 자취와 흔적을 말없이 지키며 지금은 전남 보성 대원사에 회주로 수행 중이시다.

나와의 인연도 남달랐던지 내게 처음으로 작품의 실용화를 권했던 이도 그였고, 법정 스님과의 인연을 끈덕지게 엮어준 이도 그였고, 지금도 '맑고 향기롭게' 일을 음으로 양으로 돕고 계신 이도 현장 스님이시다. 내가 그때 그 시절을 회상했을 때 젊은 스님이시지 그 동안童顔의 푸르름도 환갑 진갑이 다 지나 이젠 서리 내린 세월이 되어버렸다.

어느 날 현장 스님께서 연락을 주셨다. 법정 스님과 인연이 닿은 지인들이나 승속의 제자들에게 스님의 흔적을 지니고 있으면 빌려달라고 했다. 국내외 흩어져 있는 자료들을 모아 선묵집 발행도 하고, 전람회, 연구소, 기념관, 독서모임 등 법정 스님과 관계된 문화 사업을 하고 싶어 하셨다.

"뭘 그렇게 서두르십니까? 도반들이나 승속의 제자들과 상의해가면서 천천히 하시지요" 하고 권해보았지만 소용없는 일이었다. 현장 스님 또한 마음 굳히면 끝을 보는 성품이라, 첫 인연의 부채 그림과 몇 통의 편지 중에서 하나를 골라 보내드렸다.

평소에도 조카 삼촌 사이였지만 두 분 성품은 남과 북이다. 법정 스님은 여러 책을 통해 우리가 익히 알듯이 생각도 생활도 습관도 인간관계도 간소화, 담백화, 최소화가 기준이 되어 '무소유'로 이어진다. 그것들에 습이 붙어 언행일치言行一致, 필행일치筆行一致의 대쪽 같은 삶을 사셨다.

반대로 현장 스님을 처음 친견한 사람들은 착각할 정도로 체구나 얼굴이나 목소리나 행동이 단아하고 부드러운 성품이시다. 스님의 도반들은 '자고 나면 아이디어를 하나씩 만들어내는 특허청장'이라고 부르곤 했다. 문제는 생각이 생각으로 끝나지 않고 직접 행동으로 옮겨가다 보니 삼촌 스님으로부터 '출가수행자가 오히려 일을 만들고 다닌다'고 된소리도 많이 듣곤 하셨다. 그러니 현장 스님의 빛깔은 법정 스님과는 십만팔천 리쯤 전혀 달랐다.

그의 끈덕진 부지런함은 불교 포교의 물레방아였다. 종교를 초월한 비구니, 수녀, 정녀들로 구성된 '삼소회 합창단'이 30년 전에 그가 주선하여 생겨났고, 티베트, 네팔, 인도, 중국, 부탄 등으로 수십 번씩 뛰어다니시더니 대원사 경내에 '티베트 박물관'이 문을 열었다.

그뿐만이 아니다. 시청으로, 문광부로, 국회로 줄기차게 발품을 팔고 다니시더니 '아시아문화교류재단'이 만들어지고, 출판사도 '불일출판사'에서 '다래헌'에 이르기까지 개폐업 신고가 세 번에 이를 만큼 일을 몰고 다니셨다.

자신이 해야 할 일을 발견하고 그 일에 빠져 있는 사람은 행복

한 사람으로 알고 있었다. 그런데 법정 스님께서 열반하시고 난 후 '맑고 향기롭게' 법인 이사장을 잠시 맡는가 했더니 어느 날 갑자기 모든 것을 내려놓아 버렸다. 그리고 지금은 오로지 조용한 수행승의 모습으로 돌아가 계신다.

삼촌 스님이 떠나시면서 그의 포교 열정까지 거두어가 버린 것인지, 허무가 불교를 만나면 공심空心과 무상無常이 됨을 보여주는 것인지…… 상황에 따라 어떤 일에 몰입했다가도 한순간에 내려놔 버릴 수 있는 사람이 오히려 더 아름답게 느껴지게 함을, 현장 스님을 통해 배웠다.

법정 스님을 떠올리면 나 홀로 있어도 항상 등 뒤엔 그 눈빛, 그 목소리, 그 여운들이 묻어서 오는 스님 중의 한 분이셨다. 항상 단아하게 웃으시며 법정 스님 못지않은 조크로 좌중의 긴장을 풀어주시곤 하는 현장 스님, "현장現場에 현장玄奘이 없으면 다 무효야!" 하시던 스님.

봄날 꽃 피는 춘삼월이 오면 벚꽃 행로가 극락처럼 이어지는 대원사 꽃길에 올라 스님을 친견해야겠다. 달빛 쏟아지는 벚꽃 뜨락에서 다향茶香과 더불어 은사 스님을 추억하며 두견새 소리도 함께 나누고 싶다.

괴
팍
한
사
람
들

1986년에 출간된 스님의 저서 《물소리 바람소리》 수상집 글 속에 이런 내용이 들어 있다.

"홀로 있기를 좋아한 사람들은 대개가 성격이 괴벽스럽다. 홀로 있고자 하기 때문에 누구나 사람 대하기를 몹시 싫어한다. 이런 괴물들의 공통점은 먼 데 사람은 사랑할 수 있어도 가까이 있는 사람은 사랑할 수가 없다.

휴가철인 요즈음 불쑥불쑥 찾아오는 사람들 때문에 나는 내 인내력의 바다를 자주 들여다본다. 나는 오늘 두 번이나 문전축객門前逐客의 결례를 범했다. 이 칼럼의 마감 날이 박두하여 아침부터 책상 앞에 앉아 '숙제'를 하려고 뒤척이는 참인데, 오늘따라 불청객들이 자꾸 밀려드는 바람에 번번이 일에 손을 댈 수가 없었다. 점심도 먹는 둥 마는 둥 방 앞에 입선入禪패를 내걸고 막 일을 시작하려고 하는데 또 밖에서 부르는 소리가 있었다. (중략)

자, 이러니 숙제인들 제대로 할 수가 있겠는가. 이렇게 두 차례나 문전축객을 하고 나니 내 속 뜰은 말할 수 없이 거칠어진 셈이다. 나는 오늘, 남은 고사하고 내 스스로도 구제하지 못했구나 하는 자책이 따랐다."

오래전에 나는 이 글을 읽으면서 혼자 피식 웃음이 터졌다. 나 이전에도, 나 이후에도 당신 만나러 갔다가 쫓겨난 사람이 한 둘이 아니었다는 사실을 알았기 때문이다.

분명한 것은 사람을 쫓아낸 뒤 마음이 편치 않은 괴로움과 미안함을 이 글로 대신하고 있다는 것이다. 다행히 어떤 반전을 통해 관계가 회복된 인연은 천만다행이지만 문전축객으로 끝나버린 악연의 뒤끝을 나보다 더 처절하게 경험했던 인연들도 드물 것이다.

그 악연들 거개가 스님의 원대로 '혼자 살도록 내버려두지 않고' 책에서 얻은 감동을 행동으로 옮기려다 상처받은 열렬한 팬들이 대부분이다.

홀로 사는 스님이 토굴에 말없이 앉아 있어도 눈 푸른 수행의 향기가 천지사방으로 방향芳香하다 보니 물어물어 찾아온 길손들이 아니었던가. 그들 중 몇몇은 멀리서 어렵게 왔다가 고생한 만큼 적군(?)이 되어 돌아가는 안타까움을 가끔씩 목격할 때가 있다. 그래서 나는 내 경험을 들어 스님을 이렇게 변명해본다.

우리가 흔히 글文, 환畵, 창曲, 굿劇 즉 '쟁이'라고 불리는 소위 '끼'로 사는 사람들 또한 독거인 못지않게 성격이 괴팍하다고들 한다. 평소에는 누구보다 친절하고 다감하지만 일단 작업에 몰입하게 되면 다른 사람이 되어버리기 때문이다. 그만큼 한 꼭짓점에 필이 꽂히면 고도의 집중력을 필요로 하기에 대부분 작업 중에 불청객이 찾아오게 되면 괴팍한 사람이 될 수밖에 없을 것이다.

원고지가 되었건, 오선지나 캔버스가 되었건, 자신의 섬세한 감각을 조율하여 타인의 감동으로 연결시켜줘야 하는 것이 예술인들의 타고 난 팔자고 업業이다. 그러다 보니 스스로를 격리시켜 산야에 묻혀버리거나 때론 한 작업이 끝날 때까지 잠적해버리는 경우도 흔히 볼 수 있는 모습들이다.

스님도 독거인에 예술인 기질을 보태면 금방 이해할 수 있을 것이다. 당신은 출가 이유를 묻는 사람들에게 한결같이 '내 식대로 살고 싶어서'라고 대답하셨다. 당신 뜻대로 살고 싶어 모진 결심으로 속정俗情마저 버리고 떠나기를 시도하신 스님으로선 더욱 '나 홀로'가 간절하셨을 것이다.

스님은 지난 50년간 30여 권의 저서를 남길 만큼 삶의 대부분을 원고지와 사셨다. 우리가 그를 존경했던 것은 당신이 묻혀 살았던 자연의 순수한 투명성과 승려로서의 반듯함을 바탕으로 언제나 우리에게 '바름과 옳음'을 '진실과 사실'을 보여주셨기 때문일 것이다.

그러나 우리가 한 가지 잊고 살아왔던 것이 있다. 스님은 우리의 이웃집 아파트에 사는 인기작가가 아니라, 평생을 산속에서 예불과 참선으로 새벽을 시작하는 수행승이었다는 사실이다. 출가 이래 단 한 번도 흐트러지거나 꺾어짐이 없이 40여 년을 홀로 자취하며 살았던 독중으로서 준엄한 자기 관리가 몸에 배인 80평생이었다.

그러나 그의 글에 유명세가 붙기 시작하면서 감시자와 감동자가 당신의 '나 홀로 생활'을 끊임없이 방해했다. 작가 이전에 승려로서 냉혹한 자기 절제 속에서 원시적 생활로 살다 보니 초대하지 않았던 일방적인 방문자에게 결코 호의적일 수는 없었을 것이다.

한 번만 스님의 입장에서 모든 것을 내려놓고 관觀을 해본다면 바로 이해로 다가올 것이다. 지금 나는 혹여 문전박대나 문전축객을 당했던 상처받은 영혼이 있다면 경험자로서 대신 위로하고 있는 것이다.

2004년 한국의 CEO가 추천한 가장 신뢰받는 종교계 인물의 설문조사 1, 2위가 법정 스님과 김수환 추기경이셨다. 두 분이 다 떠나신 2012년, 같은 조사에서도 여전히 두 분은 순위만 바뀌었지 또 1, 2위로 선정되었다. 그래서 우리는 두 분을 '국민 스승'으로 모시는 데 주저하지 않는다.

시선을 안으로 압축하면 법정 스님은 젊은 수좌 시절 선방에서 깨쳤던 불교의 한글화를 위한 문서文書포교 최일선에서 일하다 떠나셨다. 그러나 시선을 밖으로 확대하면 '무소유와 나눔'의 철학과 실천은 활자화, 설득화, 대중화로 연결되어 수많은 국민들이 그를 따랐다. 그가 남긴 족적 앞에서 살아 있는 우리가 더욱 하심하고 그만 내려놓을 수 있다면 스님은 내생에서도 조금은 덜 미안해하실 것이다.

재
앙
덩
어
리

스리랑카를 다녀온 후 세 번째 스님을 찾아뵈었을 때다. 내가 말씀을 낮춰 하시라고 거듭거듭 청을 드렸더니 교수님, 거사님에서 겨우 '님'자만 떼고 불러는 주시는데 존댓말은 여전하셨다. 당신의 언어 습관인가 싶어 더 이상 어쩔 수 없었다.

그런데 그날은 나를 보시더니 외모, 목소리, 눈매, 느낌 등에서 딱 한 번 만난 처사인데 생각나는 사람이 있다면서 몇 년 전의 기억을 풀어놓으셨다.

어느 날 미국에서 교포 한 분이 스님을 찾아왔다. 그 불자는 그동안 살아왔던 이민 생활 중에 힘들고 괴로울 때마다 스님이 쓰신 《무소유》와 《서 있는 사람들》을 거듭거듭 읽었다고 한다. 어떻게 사는 것이 옳게 사는 것이며, 재물이 모아지면 어떻게 써야 하는 것인지, 또 어려운 이웃을 위해 어떤 마음을 내야 하며, 힘들게 사는 조국을 위해서는 무엇을 해야 할지 등을 늘 생각하며 자신의 작은 성공담을 목메게 털어놓았다.

그리고 어려울 때마다 자신을 지탱해준 보약과 같은 스님의 저서에 대한 감사함을 고민하다가 여기까지 찾아오게 되었다고 한다. 어느 정도 대화가 마무리될 즈음에 이 처사는 '이렇게밖에 할 수 없는 무례'를 용서하라며 작은 봉투 하나를 내놓았다.

스님은 당황스러웠다. 멀리서 찾아온 생면부지의 외로운 사람에게 그저 차 한 잔 대접하고 얘기나 들어주었을 뿐인데 시줏돈이라니, 평소 스님은 시주의 은혜를 내 숫돌에 상대의 칼을 갈아주는 것과 같다고 하여 남 신세 지는 것을 무척 경계하고 사셨는데 시주 재물이라니.

스님은 산중에 홀로 사는 중이 무슨 돈이 필요하겠느냐고 정중히 거절했다. 그러나 이 불자도 여기 불일암까지 찾아올 정도라면 하루 이틀 생각한 일이 아니라서 한 고집이 있었다.

막무가내로 밀어대는 이 횡재 덩어리 때문에 스님은 슬슬 거칠어지기 시작했다. 부담 주지 말라고 언성도 높여보고, 사람 시험하는 거냐고 면박도 줘보고, 차라리 산 아래 큰 절 주지에게나 주라고 달래보기도 했다.

이 교포 불자는 스님의 완강한 눈빛 앞에 어쩔 수 없다는 듯 다시 봉투를 집어넣고 일어섰다. 쪽마루에 걸터앉아 신발을 신는가 싶더니 스님이 잠깐 방심한 사이에 봉투를 헌식대(새나 들짐승을 위해 물과 먹이를 놓는 넓은 오지그릇) 밑에 슬쩍 찔러놓고는 도망치듯 나가버렸다.

그 불자는 쏜살같이 한참을 내려간 후 뒤에서 쫓아오며 부르는 스님께 합장을 하면서 큰 소리로 "어디에 쓰시더라도 제 이름만큼은 끝까지 숨겨주십시오. 스님, 큰 스님 되십시오"라고 인사한 후 다시 비호 같은 뜀박질로 산을 내려가 버렸다.

스님도 더는 어쩌지 못하고 봉투를 손에 든 채 망연자실하다가 도대체 무엇이 들었나 내용물을 확인해보았다. 먼저 명함 한 장이 툭 떨어졌다. 명함 뒷면에는 '미국에 오시거든 꼭 연락주십시오'라는 메모가 적혀 있었고, 수표 한 장이 들어 있었다. 5천만

원……. 거금 5천만 원의 가치는 지금도 무거운 돈이지만, 도시의 집 한 채 값이 천만 원 전후였던 1970년대 말이고 보면 기와집 다섯 채 값! 엄청난 거금이었다.

평생 재물과 담을 쌓고 수행자로 살아온 스님의 일상에 태클이 들어온 것이다. 상추 심고 감자 캐며 속 편히 살아오던 산중 암자에 떼돈이 들어오고 보니 이것저것 편치 않은 망상들이 공부를 방해하기 시작했다.

'도대체 이 재물을 어디에 어떻게 써줘야 그 불자의 공덕을 돕게 될 것인가?', '잠시 출타할 때는 이 물건을 몸에 지녀야 되나, 텅 빈 암자에 그냥 두고 가야 하나?'

갑자기 횡재橫財가 들면 횡액橫厄이 따른다 했던가. 예전엔 그 무엇에도 얽매이지 않고 살았는데, 갑자기 부스럭거리는 소리에도 귀를 세우게 되고, 밤에는 마음이 더욱 편치 않았다.

'허어 참. 이 무슨 마구니魔軍란 말인가?'

스님은 이틀 동안 속을 끓이다가 3일째 되던 날 아침, 결국 그 봉투를 들고 산을 내려갔다. 도대체 보이는 것, 들리는 것, 생각하는 것 등 모든 것이 제자리를 이탈하니 견딜 수가 없었다. 스님은 큰 절 주지를 찾아갔다.

"이 재앙 덩어리 때문에 마음이 불편해서 못 살겠습니다. 절대로 출처는 묻지 말고, 스님께서 알아서 선용善用해주십시오."

주지 스님 대답할 틈도 없이 그 봉투 그대로 휙 던져주고 선 채로 돌아서 버렸다. 주지 스님 입장에서도 아닌 밤중에 홍두깨였다. 미국 불자가 스님 앞에서 그랬듯이 등 뒤에서 부르는 소리도 아랑곳없이 뛰다시피 산길을 되짚어 올라오고 있었다.

스님은 키가 크고 걸음이 빨랐다. 재제소를 돌아 내를 건너고 전나무 숲에 이르자 갑자기 스님은 걸음을 딱 멈추셨다.

'어? 내가 언제부터 휘파람을 불고 있었지…….'

"재앙 덩어리가 무섭긴 무섭나 봐요. 그때서야 길섶의 들꽃이 보이고, 못 들었던 뻐꾸기 소리가 다시 들리더라니까. 우천 거사를 보면 이따금 미국 그 처사가 생각납니다."

스님은 그때를 회상하시며 파안대소를 하셨다.

교포가 시주한 그 정재淨財는 훗날 송광사 대웅전 중창불사 때 크게 선용되었다고 들었다.

발
바
닥
과
빨
래
판

　　　　　스님은 그림을 보기도, 그리기도 매우
좋아하셨다. 그것도 온갖 열정으로 캔버스를 가득 채운 화려한
대작보다는 단숨에 그려버린 담백한 소품의 묵화나 판화 쪽을
더 좋아하셨다. 성품대로였다.

　어느 해 가을, 내 화실에 처음 오셨다. 걸려 있는 완성작도 보
시고 제작 중인 작품도 한참을 눈여겨보시더니 '불교미술 현대
화, 불교디자인 개척화'라는 화두를 안고 작업한다고 들었는데
그것이 어떤 의미냐고 물으셨다.

　나는 장르Genre가 아니라 소재素材를 중심으로 회화건 디자인
이건 불교 소재 작업만 계속하다 보니 주변에서 자꾸 질문해올

때마다 그렇게 대답하곤 했다. 그러나 막상 스님 앞이다 보니 입이 쉽게 떨어지지 않았다. 굳이 감출 건 없지만 그 이유에 대해선 다소 창피스러워 겸연쩍어하다가 결국 실토하게 되었다.

20대 후반 대학 조교 시절이었다. 연례행사로 학기가 끝나가는 12월 중순쯤에 미술대학 교수님들의 합동 전람회가 열리곤 했다. 조교들도 참여하게 되었는데 처음 낸 작품이 부처님의 수인手印이 소재가 된 내용이었다.

1970년대 후반 풍경화, 인물화, 정물화, 산수화로 도배가 된 자리에 생뚱맞게 손바닥이 등장했으니 모두들 썰렁해하는 눈치였다. 그러나 그해는 그럭저럭 넘어갔다.

다음 해 그맘때 또 전람회가 열렸다. 이번에는 족상足相이 소재가 되었다. 결코 의도적인 작업이 아니었다. 불상이 출현하기 전인 원시불교 시절 경배의 대상이 되었던 수인, 보리수, 족상, 법륜, 만卍 등을 작품의 소재로 삼았을 뿐이었다. 그런데 사단이 나려고 그랬던지 평소에도 농을 잘하는 전임강사 최모 선배가 오픈 때 출품작을 설명해가다가 내 작품 앞에서 큰 소리로 엉뚱한 일갈을 해버렸다.

"어이! 어디 아퍼? 작년에는 손바닥, 올해는 발바닥? 내년에는 뭐가 나올지 겁나네, 이 사람아!"

전람회장은 순식간에 엄청난 폭소가 터져버렸다. 그도 그럴 것

이 초청된 인사 대부분이 작년에도 내 그림을 본 잔상이 남아 있
는 사람들이라 최 선배의 농담에 충분히 긍정하는 웃음이었다.

나는 그 자리에 있을 수가 없었다. 도지사, 시장, 법원장 등 내로
라하는 초청인사들, 수많은 교수들, 미술대학 학생들. 그렇게 2백
여 명 앞에서 공개적으로 총살을 당하고 만 것이다. 나는 도망치
듯 전람회장을 빠져나왔다. 어떻게, 어떻게 이럴 수가 있는
가…… 정신없이 걷다가 어느 낯선 주점 앞에 발길이 멎었다.

'무식하게 수인과 족상을 손바닥 발바닥이라니, 예수쟁이 눈구
멍으로 평소에도 내 종교를 곧잘 시비하더니!'

나는 최 선배를 안주 삼아 폭언과 폭주로 울분을 삭혔다.

다음 날 새벽, 심한 갈증으로 눈을 떴다. 정신도 몰골도 내 것
이 아니었다. 그런데 비몽사몽 간에 번개 같은 한 생각이 내 뒤
통수를 쳤다.

'그렇지! 불자들에게나 수인이고 족상이지 일반 사람들에겐 손
바닥 발바닥이 당연하겠지. 아무리 종교를 의식한 작품이라 해
도 동감도, 감동도 없다면…….'

나는 벌떡 일어나 문을 박차고 밖으로 나갔다. 초겨울의 싸한
새벽 냉기가 정신이 번쩍 들도록 온몸을 조이며 파고들었다.

'지금의 불교미술은 구태의 모방과 답습으로 전통이라는 가면
뒤에 안주하고 있을 뿐이다. 또 불교에 있어 디자인이란 아예 존

재하지도 않는다. 지금 이런 상태의 시각물視覺物로 불교가 계속되다면…… 그렇다! 작가 자신만 만족하는 그런 작업이 되어서는 안 되겠다. 불교미술을 현대화시키고 불교에 디자인을 접목시켜 조잡 반복에서 탈출시켜야 한다.'

'불교미술 현대화, 불교디자인 개척화'란 화두는 그렇게 해서 스스로 세우게 되었다는 어쭙잖은 말씀을 드렸다. 스님께서는 한참을 진지하게 들으시더니 나를 지긋이 바라보셨다.

"고 교수는 그 망신 준 최 선배를 지금도 미워하십니까?"

엉뚱한 질문이셨지만 사실이 그러하기에 아무 대답도 못했다.

"일찍이 선지식을 만나 한 소식 했군요."

"네에? 지금 선지식이라 했습니까?"

"약관 20대에 평생의 양식거리를 얻었으니, 큰 복을 지으셨구면. 길은 찾았으니 서두르지 마세요. 뚜벅뚜벅 가다 보면 시절인연 만나게 됩니다. 그리고 그 최 선배야말로 고 교수의 눈을 틔워 준 선지식임을 잊지 마세요."

'그 빌어먹을 최 선배가 선지식? 그것이 그렇게……'

그때 스님께서 갑자기 큰 소리로 웃으셨다. 어리둥절한 나를 보시더니 당신도 젊은 시절 비슷한 경험이 있다고 털어놓으셨다.

"내게도 풋중 시절이 있었어요. 해인사 선방에 있을 때인데 방선 시간에 장경각으로 포행을 갔는데, 마침 장경각 안에서 나오던 시골 아주머니 같은 분과 마주쳤어요. 그 아주머니 말이 팔만대장경이 있다고 해서 왔더니 아무것도 없다고 혼자서 투덜대는 거예요. 그래서 내가 그 안에 모셔진 대장경을 보지 못했느냐고 물었더니 웬 '빨래판'만 잔뜩 있더라는 거예요. 빨래판?

그때 나는 크게 깨쳤어요. 무슨 번쩍번쩍한 금부처쯤 기대하고 들어갔겠지요. 팔만대장경이 아무리 국보라 해도, 국난 극복의 발원이 담긴 부처님 말씀이라 해도, 이해하지 못하는 눈에는 한낱 빨래판밖에 안 되는구나 싶었어요. 그래서 한 소식 굳히게 되었지요. '경전을 우리말로 번역해야겠다. 다시는 빨래판 소리 안 듣도록 해야겠다'고 자각하게 되었지요.

그러다 보니 경전 한글화에 평생을 바친 운허 스님과도 인연이 닿게 되고 역경원에서 불교 경전 번역, 불교 사전 편찬 등에 동참하게 되더라고요."

이번엔 내가 진지해질 수밖에 없었다. 스님에게도 그런 경험이 있으셨다는 말씀은 내게 있어 평생의 가르침이 되었다.

"고 교수 작업 저 안쪽에 수상족상手相足相이 있듯이, 내게도 지금껏 글쓰기로 이어지는 저 밑바닥에는 '빨래판'이 동행하고 있는 거예요. 사람은 누구나 늘 일상의 화두와 부딪치며 살아가지만 그것을 안으로 굴려 지혜를 얻은 사람은 복이 많은 사람이지요."

나는 비로소 스님의 말씀에 번쩍, 확신의 눈을 뜨게 되었다. 작업을 하면서도 이따금 제대로 가고 있는 것인지 스스로의 의

문에 버벅거릴 때도 없지 않았다. 결심은 했지만 주변과 비교해 보면 너무도 엉뚱한 곳에 혼자 있음을 잘 알기 때문이었다.

아, 이래서 스승의 인가認可가 필요한 것인가, 스승의 인가를 받은 선방 수좌의 심정이 이런 것인가? 나는 스님의 면전에서 당신의 육성으로 빨래판 말씀을 직접 들었다. 그리고 내가 세운 '불교미술 현대화, 불교디자인 개척화'에 대한 나름의 확신은 평생 잊지 못할 소중한 법문으로 내 삶을 받쳐주는 이정표가 되었다. 한마디 가르침으로 평생의 양식을 얻었으니 그보다 더 큰 은혜가 어디 있으랴. 나는 참으로 행복한 사람이다.

* 이 빨래판 말씀은 몇 년 후 1991년에 발표하신 《버리고 떠나기》 수상집 '아직 끝나지 않는 출가' 편에 실려 있다.

모기 자부子婦 가르침

　　처서, 백로가 지나 추분이 코앞인 9월 중순, 절기를 모른 듯 늦더위가 기승을 부리던 날이었다. 스님께서 화실에 잠깐 들러도 되겠느냐고 전화가 왔다. 3년 만에 두 번째 방문이었다. 일 년 가까이 가지 않았더니 청학 스님, 만상좌 덕조 스님까지 함께 오신 것이다.

　　완성된 소품이나 제작 중인 작품을 한참 둘러보신 후 차탁이 있는 곳으로 모셨더니 '웬 모기향인가'를 궁금해하셨다. 보름쯤 전부터 하수도 토관 교체공사를 한다고 온 동네를 파재낀 뒤로 갑자기 모기들이 기승을 부려 향을 피울 수밖에 없었다.

　　스님은 살충제나 다른 독극물은 쓰지 않는지를 물으시더니 재미있는 얘기 하나 하시겠다며 '모기 자부 이야기'를 꺼내셨다.

"해 질 녘이 되어 시어머니 모기가 외출을 하면서 며느리 모기에게 말했어요. '애야, 오늘 내 밥은 하지 마라'고 당부를 하자 며느리 모기가 그 이유를 물었어요. 시어머니 모기가 '마음씨 고운 사람 만나면 잘 얻어먹을 것이고, 모진 놈 만나면 맞아 죽을 테니 이러건 저러건 내 저녁은 하지 마라'고 했다는 우스갯말이 있습니다."

"스님, 그 말씀은 《서 있는 사람들》에선가? 읽었던 기억이 납니다만."

"그래요. 그 책 '모기 이야기' 편에 들어 있어요. 어느 노승한테 들었는데 그 이야기를 들은 후부터는 나도 모진 놈 안 되려고 가끔은 헌혈 보시하고 삽니다."

"스님, 말씀이 나왔으니 하나 여쭙겠습니다. 우리 일상에 파리, 모기, 바퀴벌레 등 해악을 끼치는 벌레나 유충들에 대해 솔직히 불자로서 어디까지 자비행을 해야 합니까?"

"교수님 정도 되시는 분도 그 경계를 두고 고민하십니까? 그럼 다른 의미로 한 말씀 드리지요. 우리나라 국사책에는 어디를 봐도 을지문덕 장군이 당나라 대군을 '쓸어버렸다', 이순신 장군이 23전 23승을 하면서도 왜군을 '물리쳤다' 등으로 표현했지 '죽였다', '전멸시켰다' 등의 말은 쓰지 않았습니다."

"듣고 보니 정말, 저도 그렇게 배운 것 같습니다."

"왜 그런 줄 아세요? 빗자루로 쓸어버렸다거나, 왔던 자리로 다시 물리쳤다, 그것은 다분히 '살생'이란 단어를 쓰고 싶지 않다는 우리 민족의 불교적 정서를 뜻하는 것입니다. 모기나 파리도 그래요. 옛 어른들은 우리 생활을 불편하게 했던 미물일망정 마당에 모깃불을 피우거나, 방문을 이중으로 설치하여 접근을 못하게 했지 죽이지는 않았습니다.

그런데 6.25 전쟁 중에 미군들에 의해 DDT라는 것이 들어왔어요. 위생청결이라는 의미로 벌레, 곤충뿐만 아니라 이를 잡는다고 사람 몸에까지 마구 뿌려대던 시절이 있었지요. 그 후 세상이 각박해지고 군사정부가 계속되면서 서민들도 파리채 들고 직접 때려잡거나 분무기로 살충제를 뿌려대는 짓들을 하게 된 거예요. 깊이 한번 생각해볼 일입니다. 우리가 국사에서 배웠던 쓸어내거나 물리쳤거나 쫓아버린다는 의미를 넓은 뜻으로 생각해보면 해답은 그 속에 있겠지요."

항상 느끼는 것이지만 스님의 여담이나 조크 속에는 생각과 마음의 차이가 분명한 촌철살인이 들어 있었다. 우리가 보았거나 읽었거나 느꼈던 그 어떤 내용도 당신을 통해서 다시 걸러져 듣게 되면 전혀 다른 무게로 다가오곤 했다.

이따금 말씀하셨던 《어린 왕자》에서 오늘 들은 '모기 이야기'까지 스님의 입을 통해 직접 들으면 그게 바로 말씀동냥이 되고 법문이 되었다. 마치 두 발로 걷는 호모에렉투스가 아니라 호모 사피엔스, 즉 고뇌하는 인간이 되라는 말씀처럼 들리곤 했다.

불가에 신수봉행信受奉行이라는 말이 있다. 믿고, 받아서, 받들어 행한다는 뜻이다. 어른 스님 모시게 된 인연 덕에 음으로 양으로 내 자신을 이루어가던 시절이었다.

아직 물안개가 산 안에 가득한 6월말 초여름 아침, 이때쯤이면 하계 수련회 관계로 아래 절에 내려와 계심을 알기에 헛걸음을 줄일 양으로 혹시나 싶어 큰 절 쪽으로 먼저 발길을 잡았다.

일주문을 지나 부도전에 반 배 하고 천왕문을 거쳐 종고루鍾鼓樓 앞에서였다. 오랜만에 반가운 얼굴과 마주쳤다. 송광사 총무 소임을 보고 계시는 현고 스님이셨다. 효봉, 구산 스님의 직계 반열인 '현'자 돌림으로, 왜 하필 남의 속명을 뒤집어 법명을 삼았느냐며 서로 맑은 눈빛 나누던 사이였다.

법정 스님 안부를 물으니 '그 스님 언제는 큰 절에서 주무시더냐? 한밤중에도 기어이 당신 토굴로 가버리는 분이시다. 무슨 우렁각시 숨겨놓은 것도 아니고……' 우리는 한바탕 파안대소하고 헤어졌다.

스님이 불일암에 계실 거라는 귀띔만으로도 마음은 이미 선경仙境이다. 계곡의 산길은 아직 햇살이 닿기 전이라 풀숲엔 영롱한 구슬들이 물방울 은하수다. 산 중턱에 접어들면 스님이 직접 쓰신 '길이 아니면 가지 말라'는 낯익은 팻말이 눈에 잡힌다.

초행자들이 가끔 길을 잃기에 써놓은 것이지만 그걸 볼 때마다 이정표로만 읽혀지지 않았다. 어려운 말이 아닌데도 우리들 세상살이의 뼈 있는 지침처럼 묘한 여운을 느끼게 하곤 했다.

아침인데도 이마에 땀이 배고 등줄이 후줄근한 것이 올여름도 야무지게 시작될 모양이다. 몇 걸음 되지 않는 죽림을 지나 돌계단 위에 올라서니 마당 한 켠에 아뿔사, 스님께서 이상한 자세를 하고 계셨다. 가랑이 사이로 머리를 넣은 채 나를 거꾸로 보고 계시다가 순간 자세를 풀고 반가워하셨다.

"어서 와요. 아직 이른 시간에 어쩐 일입니까?"

"주암댐 근처에 동아리 제자들과 MT 왔다가 혹시나 싶어 왔는데, 오늘은 운이 좋은 날인가 봅니다. 그런데 스님, 조금 전 자세는……?"

"아, 세상을 거꾸로 보고 있는 중이었소. 마침 다로에 물을 올

려놨는데 잘 오셨소."

"스님, 어린 시절에나 하던 그런 놀이를 지금도 즐기시나요?"

"왜 그러면 안 됩니까? 모양새는 좀 꼴사납지만 어린 시절 느낌과는 전혀 달라요. 지나치게 자기중심적으로 편중되어 있는 고정관념 치유하는 데 이보다 더 좋은 스승은 없어요."

"네에? 거꾸로 보기를 통해 고정관념을 치유한다고요?"

"보는 각도를 달리함으로써 대상에 대한 새로운 면을 인식할 수 있어요. 우리들 인식 속에 들어와 이미 굳어져 버린 선입견을 벗어나야 하는데, 내 눈이 열리면 열린 눈으로 보는 세상도 달라 보이지요. 고정관념 지우는 데 이보다 더 좋은 의사는 없어요."

스님의 말씀을 이해는 하면서도, 한편 조금 전의 민망스러운 자세와 지금의 모습이 교차되어 하마터면 웃음이 터질 뻔했다.

"스님, 정말 그럴까요? 어린 시절에는 그저 호기심으로 해본다지만 이 나이에 그 자세는 아무래도……."

"그것 봐요. 고 교수만 하더라도 어떻게 교수가 돼 가지고, 그런 꼴사나운 짓을 하겠느냐는 생각에 갇혀 있는 거예요. 나도 그래요. 내 동작을 누군가 훔쳐보았다면 나도 영락없는 미친 중 취급 받겠지만 여기 이 산거는 나만의 공간이에요. 그래서 이따금 즐기곤 하지요."

나는 결국 스님의 말씀에 감동되어 차를 마시다 말고 한번 해보겠다고 일어섰다. 그리고 내가 가랑이 사이로 얼굴을 넣은 채

군대에서 했던 '대가리 박아'를 실시하자 내 자세가 어설펐던지 스님이 다가오셨다. '무릎을 똑바로 펴라. 다리를 더 벌려라. 양손으로 발목을 잡아라' 등 세련된 가르침이 이미 숙달된 조교가 따로 없었다.

처음엔 몹시 어지러웠다. 그러나 가르쳐주신 대로 심호흡과 쉬엄쉬엄 몇 번을 거듭하다 보니…… 아, 어린 시절 경험과는 정말 전혀 다른 세계가 다가왔다.

에메랄드 산과 숲의 색채는 훨씬 더 선명하게 분해되고 있었고, 하늘이 호수가 되자 나머지 대상들은 물 위에 뜬 그림자로 다가왔다.

검푸른 앞산과 청회색의 뒷산은 다도해多島海의 그림자로 착각이 들고, 물안개와 물방울들마저 자연의 심연에서 개화開花하고 있었다.

점을 찍듯 들려오는 풍경소리는 적막과 고요의 형체로 다가오고, 한자락 대숲의 바람까지 눈에 잡히는 듯 호수 밑을 지나가고 있었다.

주객의 분리, 결합과 해체, 강조와 생략, 소멸과 여운 등이 투명하게 분리되는 심지어 생물과 무생물까지 하나가 되는 만다라曼陀羅의 세계가 그곳에 있었다. 아, 자연이 주는 신비함이 내가 그토록 추구해오던 불교의 이상향과 이렇게 닿아 있을 줄이야……. 내 그림의 모티브가 된 색채, 안개, 물방울, 바람, 그림자, 정적靜的들이 모두 거기에 있었다.

스님은 고정관념으로 보지 말고 새로운 열림으로 보라 하셨다. 일어섰다 구부렸다를 반복할 때마다 모든 것이 감동을 넘어 충격으로 다가왔다. 대상對象들의 시각적 이상향이 열려가고 있었다. 평생 양식의 또 다른 세계를 견인하게 된 것이다.

스님은 이미 가셨지만 그날 불일암에서 당신의 거꾸로 보기 가르침은 더 이상 나의 방황을 끝내게 만드셨다. 스님은 나에게 '불교미술 현대화, 불교디자인 개척화'에 대한 확신뿐만 아니라 시각의 대상을 투명, 고요, 열림, 공간, 원근, 생략, 침묵 등 붓을 들어 표현하기 이전에 더욱 넓고 깊은 사유思惟의 뜰을 먼저 채집하게 만드셨다.

지금도 내 작품 속에는 스님의 눈빛이 화필 영감의 중심에 서 있다.

버
리
고

떠
나
기

　　　스님께서 한때 강남 봉은사 다래헌에서
7년을 살던 시절이 있었다. 이미 오래전에 작고하신 장준하, 함석
헌 선생들과 독 묻은 세월을 함께하실 때이다. 불교를 대표한 민
주화운동의 얼굴로 박정희 군사정권에 저항했던 피맺힌 세상이
었다.

　훗날 스님은 그때를 이렇게 회고하셨다.

　"민주화운동을 할 때 박해를 받으니까 증오심이 생기더군요.
내 마음에 독을 품은 게 증오심인데 그때, 이래서는 안 되겠구나
하고 느꼈어요. 순수한 마음에서 이탈하는 게 괴로워, 중노릇의
내 본분이 뭐냐고 스스로 물었지요. 결국 본래 자리로 되돌아가

자 해서 산으로 들어갔어요. 하지만 지금도 세상일에 관심을 안
가질 수는 없지요."

그러나 그때도 스님 가까이 있었던 선배들은 스님이 서울살이
를 접게 된 직접적 원인은 '인혁당 사건'이었을 것이라고 귀띔했
었다.

전시하의 군사재판도 아니고 사형언도 받은 지 24시간도 되기
전에 젊은 목숨 여덟 명 전원을 처형시켜 버렸다. 세계 재판사에
기록될 초유의 사법살인이며 막행막살莫行莫殺을 지켜본다는 것은
수행자로서 참담했을 것이다. 잘 알겠지만 당시의 박정희 대통령
말과 뜻은 헌법 위에 존재했던 '초법의 시대였다'고들 말한다.

유마거사의 어록 중에 '중생이 아프니 나도 아프다'는 말씀이
있다. 중생과 고통을 나누겠다고 뛰어들었지만, 출가 시 부처님께
서약했던 오계 중 첫째인 불살생不殺生 하나도 지키지 못한 자책
이 따랐을 것이다. 인혁당 사건이 자신의 직접적 책임은 아니라
할지라도 재판이 있기 전 민주화운동권 쪽에선 연일 날조, 허위,
사기, 조작이라 맹렬히 몰아붙였기 때문이다.

스님은 1954년 6.25 전쟁 직후, 전남대 상과대학 3학년을 끝으
로 출가하셨다. 그때는 속俗을 접고 승僧으로 가신 최초의 '버리
고 떠나기'였다. 혈육의 생살을 찢는 출진出進이라 일생일대의 비
장한 초심이었을 것이다.

그리고 1975년 10월, 민주화운동의 동지들과 당신을 따르던

수많은 눈빛들을 남겨둔 채 봉은사 시절을 접고 두 번째 '버리고 떠나기'를 시도하셨다. 그러나 세상은 결코 그를 내버려두질 않았다. 수행승으로 되돌아갔지만 두 번째 되돌이표 군사정부의 감시와 연행은 여전했었다. 또 정권에 저항하던 목마른 지성들을 위로해주는 일도, 수배자 명단에 들어 쫓기는 학생들 눈물 닦아주는 일도, 이래서 찾아오고 저래서 불러내고, 심지어 필자 같은 사람조차 불일암에 인연을 만들어 스님의 시간을 축내고 있었다.

조계산 불일암의 17년……. 일 년 전엔가? '이젠 불일암과도 인연이 다 된 것 같다. 세인들에게 너무 많이 노출되어 더 이상 독거가 되지 않는다'고 말씀하실 때 나는 직감적으로 느낄 수 있었다.

이미 오래전부터 스님의 법명은 전국구가 되어 있었다. 종무소에서는 송광사를 찾는 사람들보다 불일암을 찾아오는 이들이 더 많다는 말이 나올 정도였다.

이렇게 되면 차라리 환속을 하든지 더 깊은 곳으로 은둔을 하든지…… 우리는 그가 출가한 수행승임을 곧잘 망각하고 산다. 역지사지 한 번만 해보면 그 입장을 이해하고도 남을 것이다. 우리는 혼자 찾아가지만 스님은 전국의 번뇌를 다 상대해주어야 한다.

결국 세 번째 '버리고 떠나기'를 시도하면서 오죽했으면 삭발한 일곱 제자들에게조차 얼음장 같은 선언을 할 수밖에 없었다.

"내가 지금 가고자 하는 곳은 한겨울에 영하 20도가 오르내리는 강원도 첩첩산중, 해발 8백 고지쯤 된다. 그곳은 전기, 수도, 전화 어느 것도 되지 않는 거의 원시적인 삶이 될 것이다.

적지 않은 이 나이에 시자도 없이 독거를 하겠다 하니 걱정하는 너희들 마음 모르지 않는다. 그러나 분명히 말한다. 만약 그곳마저 세인들에게 노출되어 또 찾아오는 이가 생기면 나는 더더욱 깊은 곳으로 잠적해버리겠다.

필요하거나 도움받을 일이 생기면 내 쪽에서 연락하겠다. 정말 나를 생각하고 이해해준다면 나 살고 싶은 대로 내버려두라. 가까이 있는 그대들부터 또 속가의 지인들에게도 그렇게 이해시켜주고, 이 불일암은 너희들이 서로 돌아가며 살도록 해라."

결코 명심, 또 명심하여 잊지 말라는 명심불망銘心不忘의 서릿발 같은 선언. 이제 불일암은 과거완료형이 되어가고 있었다.

1992년, 스님은 그렇게 해서 세 번째 '버리고 떠나기'를 시도하셨다. 그리고 그곳에서 18년을 그렇게 사시다 가셨다. 어느 삭발 유발 제자도 스님의 거처를 몰랐고, 나 역시 불일암을 떠나신 이후 단 한 번도 스님의 거처를 찾을 수가 없었다.

맑고 향기롭게

작은
등불
하나

살다 보면 예감이 적중할 때가 있다. 서울 출장길에 막연한 기대로 법련사에 들렀더니 법정 스님이 와 계셨다. 반갑게 친견 드리고 주지인 청학 스님과 차담을 나눈 자리에서 스님께서 불쑥 한 말씀을 꺼내셨다.

"40년 동안 속가에 신세만 지고 살다 보니 무언가 밥값이라도 해야겠다는 생각이 자꾸 듭니다. 만약 불교가 중심이 된 '사회모임' 하나 만들고 싶다, 한다면 어떻게 생각하십니까?"

벌써 10여 년을 뵙다 보니 번거롭고 머리 무거운 일은 일부러 피하시는 성품인데 이 무슨 뜻밖의 말씀일까.

"모임의 명칭은 '나누는 기쁨'으로 하고 싶어요. 삭막한 세상에서 이웃과 더불어 나누며 산다, 특히 어려운 삶을 사는 이웃들에게 정신적, 물질적 위로가 될 수 있는 그런 모임을 하나 만들고 싶은데, 어떻게 생각되는가 말입니다."

모임의 명칭도 정해졌고 그 성격까지 말씀하시는 것으로 보아 어제오늘 생각이 아닌 듯했다. 스님께서 시작하신다면 기꺼이 동참하겠다 말씀드리고 그날은 그렇게 헤어졌다.

2년이 지났다. 스님은 세 번째 '버리고 떠나기'를 시도하여 이미 불일암을 떠나 강원도로 옮기셨고, 나 역시 일 년 동안 연구교수로 미국에 나가 있다 돌아왔다.

어느 날 스님께서 찾는다는 연락을 받았다. 불일암 선언 때 이미 마음 각오는 해두었지만 스님께서 정말로 나를 찾으실 때도 있구나 싶었다. 1993년 8월, 수학여행 떠나 들뜬 소년 같은 마음으로 스님을 뵈었다.

"내가 예전에 모임 하나 만들고 싶다는 말 기억하시지요?"

"'나누는 기쁨' 말씀이신가요?"

"그래요. 내용과 성격은 그대로인데 명칭은 '맑고 향기롭게'로 바꿨습니다. '나누는 기쁨'도 오래도록 생각해왔는데 의미전달을 보다 확실하게 하고 싶다 보니 바꾸게 되었는데, 왜 느낌이 별로인가요?"

"아닙니다, 스님. 다만 표어나 슬로건에 주어가 빠지면 호소력이 떨어지지 않을까 해서⋯⋯."

"바로 그거예요. 생략된 주어 대신 어떤 주어를 앞에 붙여도 뜻이 통하도록 하는 거예요. 예를 들어 우리들의 '정신을' 맑고 향기롭게, 이 '세상을' 맑고 향기롭게, 우리들의 '환경을' 맑고 향기롭게. 어떤 주어를 앞에 붙여도 뜻이 통하는, 그래서 오히려 구체적으로 담아낼 수 있지 않겠어요? 거기다 진흙탕 속에서도 맑고 향기로운 꽃을 피워내는 연꽃의 생리와 아름다움을 접목시켜, '맑고'는 내 자신의 마음을 먼저 맑히고 '향기롭게'는 바깥세상을 향한 자비행의 실천으로."

나도 모르게 무릎을 치며 탄성을 내고 있었다. 감히 스님의 얼굴을 똑바로 쳐다보고 있었다. 아, 그랬던가⋯⋯ 예전 '나누는 기쁨'을 말씀하실 때는 솔직히 이런 전율과 감동까지는 닿지 않았었다.

얼마나 오랫동안 당신 가슴속에 담고 계셨을까. 얼마나 오랫동안 사유하고 고심하셨을까. 강원도로 옮기자마자 연꽃 한 송이 피워내셨구나. 내게 설명하시는 스님의 열정과 눈빛에서 가슴이 절절히 아려왔다.

"고 교수! 스티커로 쓸 수 있는 연꽃 하나 그려줄 수 있을까? 나 좀 도와줄 수 있겠어요?"

타는 듯한 거인의 눈빛 앞에 나는 이미 포로가 되어 있었다.

"스님! 열 번이라도 도와드리겠습니다. 다만 제 짧은 화상畫想

으로 스님의 깊고 넓은 사유를 담아낼 수 있을지, 그것이 두렵습니다."

"그럼 됐습니다! 각박한 세파에 뿌리박고 살아도, 맑고 향기로운 연꽃 한번 피워보자는 우리들의 소박한 소망, 괜찮지 않습니까?"

힘든 자, 없는 자, 병든 자, 외로운 자들을 위해 작은 등불 하나 켜보자는 스님의 뜨거운 발원. 거대한 무게로 조여들었다.

"스님, 연꽃 캐릭터는 비록 작은 그림과 글씨로 이루어지지만 주목율과 집중도를 매우 높여야 하는 일러스트 작업입니다. 서로 의견을 조율하고 좁혀가자면, 그림 한두 점으로 하루 이틀 만에 끝낼 수 있는 작업이 아니라서…… 스님, 한 달에 두 번쯤 서울에 나오셔야 되는데 그것이 가능하겠습니까?"

"맑고 향기롭게 얼굴을 그리는 상징물입니다. 고 교수가 도와만 준다면 나야말로 열 번이라도 나와야지요."

곁에서 스님과의 대화를 조용히 듣고 계시던 청학 스님께서 한마디 거드셨다.

"작업이 마무리될 때까지 제 방을 기꺼이 시주하겠습니다."

우리는 모두 맑고 향기롭게 웃었다.

나는 심야에 하향하는 고속버스 안에서 시리도록 맑은 정신으로 전국의 수많은 연꽃들을 채집하고 있었다.

새벽이슬 속에 수줍게 피어난 청초한 연꽃, 하염없이 바람에 나부끼며 머리를 풀어헤친 연꽃, 이제 갓 눈을 뜬 채 커다란 잎 사이에 감추어진 연꽃, 비바람 태풍에 몸부림치며 흐느끼는 연꽃, 호수의 모든 연을 대표하듯 의젓하게 피어난 연꽃, 이제 몇 잎 남아 있지 않은 인연을 접어가는 연꽃…… 내 마음은 이미 연꽃 만나러 가는 바람이 되어 꽃들에게 합장하고 있었다.

이 작업은 내 생애에 또 하나의 열락悅樂으로 다가올 것 같았다.

천주의 호감

요한, 로사, 토마스, 세실리아, 야곱, 도밍고, 바울, 유리안나…… 필자의 가정은 모두 가톨릭 집안이다. 양친 부모, 4남매, 조카들 그리고 친인척들까지 천주학 소굴(?)이다.

90이 넘어 영면하신 선친께서 장남의 사행寺行에 대해 '고등학교 때부터 이상하게 산으로만 파고들더니, 그때 말렸어야 했는데' 하시면서 내가 불교로 향함을 늘 아쉬워하셨다. 그러면서도 생전의 아버지는 당신 머리맡에 법정 스님이 쓰신《버리고 떠나기》,《아름다운 마무리》를 밑줄까지 그어가며 거듭거듭 읽고 계셨다.

어느 날 부모님이 다니시는 지산 성당 박 신부와 차담을 나누는 자리에서 '맑고 향기롭게'에 대해 이야기를 나누게 되었다.

박 신부와는 어지간히 질긴 인연이다. 젊은 시절 부모님이 다니시던 성당의 보좌신부 때부터 40년 지기로 서로 다른 동네와 성당으로 옮겨 다니면서 헤어졌다 다시 만나기를 세 번째. 나와는 나이도 동갑에, 대화도 잘 통하고, 때로는 주석酒席에서 천선생, 부선생(천주님, 부처님)도 함께 만나면서 둘만의 자리에서는 격格을 내려놓고 지낸 지 이미 오래다.

"그 집구석에 딱 한 사람, 유다 같은 놈이 있어 양질의 교장 선생님 댁 천주 집안에 당신은 옥에 티야."

"거, 자꾸 그러면 두 노인네 모시고 산으로 가버릴 수도 있다! 착한 사마리아인 건들지 말게."

지난 세월 그렇게 지내온 처지다. 천주교에서는 이미 '내 탓이오' 운동이 시작되고 있었고 우리 불자들 사이에서도 높은 긍정과 호감을 가지고 있었다. '맑고 향기롭게'는 아직 첫 단추도 채우지 않은 상황이니 공식화되기 전까지는 대외비로 해줄 것을 부탁하며 박 신부에게 가톨릭에서 보는 시각과 느낌을 솔직하게 말해주길 바랐다.

"우리 쪽은 항상 직설적이고 명쾌한 편인데 맑고 향기롭게 라……. 불교는 역시 소리 없이 흐르는 깊은 강처럼, 여운이 있어

좋군. 백합과 연꽃의 차이랄까? 그래, 깊이가 느껴져⋯⋯."

"아니 그럼, 말 타고 창검 든 채 강제로 순례길 확보하는 십자군 종교 따위와 같은 줄 아나? 비록 평생 구걸하며 맨발로 살았지만 중생과 아픔을 함께했던 고등 종교와의 차이를 아직도 모르시나."

"또 시작한다! 관둬!"

"아, 미안! 하던 말씀 마저 하시지."

"글쎄, 뭐랄까, 차라리 주어를 생략하여 오히려 더 많은 주어를 담아낸다? 무한대로 펼치며 무엇이든 포용한다?"

"이제야 제대로 이해해가시는구먼."

"역시 법정 스님다운 명상적 발상이야. '내 탓이오'는 듣기에 따라 너무 단정적이고 선언적인 느낌이지? 맑고 향기롭게라⋯⋯ 느낌이 좋아. 우리에게 없는 깊이가 느껴져."

"이거 너무 띄워주니 좀 불안한데, 정말 그렇게 느껴져?"

"그런데 말이야, 항상 맑고 투명한 언어로 우리를 깨워주시고 정화시켜준 법정 스님 같은 분도 실수를 하실 때가 있으시네."

"뭐, 실수? 그러면 그렇지. 뭐가 잘못된 건데?"

"내가 어른한테 이렇게 말하긴 좀 그렇지만, 스님께서 그렇게 큰일을 계획하시면서 가장 중요한 맑고 향기롭게 얼굴을 그려줄 작가가 그렇게도 없어서, 하필 고르고 골라 어설픈 임자 손에 맡겨서 뭐, 제대로 만들어지겠어?"

"아이구, 몰아서 한 방에 날려버리는군."

"아픈가? 그래 그럼, 느낌과 감상 말고 또 뭘 도와줄까?"

"아이구 신부님, 됐어요. 됐어! 그렇지 않아도 법정 스님 수준에 맞출 생각을 하면 머리가 한 짐인데. 관둬, 됐다구!"

"그럴 거야. 그분 명상 수준에 맞추려면 머리깨나 빠질걸? 그래 내 전공은 그저 기도뿐이니, 기도나 해줄게."

"그래, 그렇게 해준다면 진짜 고맙고."

"뭐야? 불자가 천주님께 기도 부탁하면서 그냥 맨입으로?"

우리는 한바탕 유쾌하게 웃고 헤어졌다.

박 신부의 칭찬이 결코 인사치레의 가식이 아님을 나는 익히 알고 있다. 그는 젊었을 때부터 군인들 총칼 앞에서도 아닌 것은 끝까지 아니라고 버티던 반듯하고 당당한 사제였다.

작업은 9월 초순부터 시작되었다. 작게는 우표 크기에서 크게는 행사장 태극기와 함께 걸리기도 할 것이다. 때로는 손바닥보다 작은 메시지가 아파트 현관문이나 사무실 출입문에서, 유니폼이나 모자를 거쳐 자동차 유리창에 이르기까지 움직이는 PR 매체 기능까지 할 것이다.

이 운동이 언제 끝날지, 시작은 있어도 끝은 모른다. 어디서부터 어떻게 풀어야 할지……. 붓을 들어 그리기 전에 연꽃 속에 감추어진 스님의 내면을 알지 못하면 계속 겉돌게 될 것이다. 스님께서 내게 던진 이 공안公案을 반드시 풀어내야 한다. 화상삼매에 빠져 잠을 이루지 못한 졸경卒更의 밤은 계속되고 있었다.

독
대
의

시
절

한 달에 두 번씩, 스님은 강원도에서 나
는 광주에서 각자 출발하여 '맑고 향기롭게' 연꽃은 피어나기 시
작했다. 지금은 변해버렸지만 그때의 허름한 법련사 골방에서 스
님과 함께했던 내 추억의 바다 위에 그 연꽃은 아직도 피어 있다.

가을이 가고 심동深冬을 거쳐 다시 꽃샘바람이 불어오던 반 년
동안의 주기적인 밀회. 거듭된 친견에 의미를 두다 보니 제작 과
정의 고생이나 왕복 8시간씩 걸리는 당일치기 장거리 피곤함은
내 일이 아니었다. 스님께서는 버스 여행이 피곤하지 않은지 염려
하셨다. 나는 운송 수단인 상대의 시간에다 나를 맞춰야 한다는

기차의 부담감 때문에 10분 간격으로 움직이는 고속버스의 기동성과 자유로움을 지금도 선호한다.

스님과의 만남이 거듭될수록 불일암 시절엔 몰랐던 새로운 것들이 돋아나고 있었다. 그중에 가장 큰 변화는 화법의 이변이었다. 스님은 누구에게나 그러하셨지만, 늘 깍듯한 존대어 때문에 편치 않았다. 그런데 어느 사이에 '교수'가 '우천'으로 호칭되고 '하십시오'가 '하게나'로 내려가고 있었다. 만남이 거듭될수록 격은 사라져 가고 인간 법정으로 더욱 선명하게 다가오셨다.

"꽃잎이 좀 많아 보이지 않나? 이 작품은 너무 피어버렸네."

"……."

"육바라밀 상징의 여섯 꽃잎은 어딘지 허전해 보이고, 팔정도 상징의 여덟 꽃잎이 역시 안정감이 있어 보이는군."

"그렇습니까?"

"고 교수, 색이 탁해서 그런지, 이건 꽃빛깔이 너무 묻혀 보이지?"

"……."

한 번 뵐 때마다 보통 4, 5점씩, A4 크기로 일러스트 보드지에, 에어브러쉬 기법으로 작업을 했다.

"3번 작품은 선이 조금 둔탁해 보이고, 1번은 배경색이 좀 무겁지?"

"스님, 그게 보이십니까?"

"이건 좀 소극적이고 수줍어 보이는데? 이봐 우천, 이 연꽃은 대담해서도 수줍어서도 안 된단 말이야."

"그렇습니까?"

"4번은 꽃의 표정은 좋은데 색채가 너무 심각하다. 거 참, 어렵네."

"……."

작업이 거듭될수록 역시 무서운 안목이셨다.

미술이나 디자인을 전공하지 않은 사람이 대상의 펼침과 확대의 다름, 맑음과 탁함의 차이, 축소와 생략의 구별, 선의 둔鈍과 예銳, 색채의 어둠dark과 무거움heavy과 깊이depth의 분별 등 미세한 차이의 감각까지 채집해내기란 거의 불가능한 일이다.

스님을 뵐 때마다 그래픽을 보는 날카로운 지적은 역시 당신 문장 수준이셨다. 그렇게 해서 거듭거듭…… 12월 초, 일곱 번째 시안을 보여드렸을 때였다.

"아, 우천! 이거야 이거! 너무 좋다! 고생했어!"

"나 어지간히 까탈스럽지? 감히 전문가 교수님을 이렇게 부려먹어도 괜찮은지 모르겠어."

"이젠 됐어! 이 3번으로 결정하자구. 너무 좋아! 이젠 끝내자구. 그동안 수고했어. 그래 그래, 됐어!"

스님께서는 벽에 비스듬히 세워둔 작은 그림들을 집어서 가까

이 보시는가 하면 다시 놓고 보시고, 돋보기를 썼다 벗었다, 가까이 갔다 멀리 갔다, 그림들을 조심조심 다루며 좋아하시는……
나는 흥분한 천진불天眞佛의 모습을 즐기고 있었다.

"스님, 아닙니다. 작업은 이제야 절반쯤 끝났습니다."

"뭐 절반? 무슨 소리야?"

"제 손에서는 끝났습니다만 실용화를 위한 단계까지 마저 검토해주셨으면 합니다."

그날 밤 스님은 처음으로 법련사 공양이 아니라 외식을 하자고 제안하셨다. 법련사 주지 청학 스님, 송광사 주지 현호 스님까지 동행하여 인사동 골목 안에 도토리묵을 잘한다는 집으로 안내되었다. 스님께서 매우 흡족해하시는 걸 보고 다시 말씀드렸다.

"스님, 기왕 시작한 일, 마무리까지 관여해주셨으면 합니다. 전지에 인쇄된 포스터도 그 수명이 길어야 한두 달입니다. 하지만 이 작업은 비록 크기는 작지만 수명은 만만치 않습니다. 현장에 5년, 10년씩 붙어 있는 경우도 있습니다.

그래서 맑고 향기롭게 글씨체 결정, 캐릭터의 용도별 크기 조절, 뒷면에 들어갈 문안 작성, 종이와 비닐 코팅 여부, 지금 느낌과 인쇄 후 느낌 조절, 캐릭터에 대한 가까운 언론계 여론조사, 인쇄소 지정 및 인쇄 수량 조절 등 결코 저 혼자 결정할 사항이 못 됩니다."

스님께서도 충분히 이해하셨고, 기꺼이 응해주셨다. 물론 내년 봄 창립 준비 때문에 다른 관계자들을 만나기 위해 자주 나오실 수밖에 없었다. 나는 다시 실용화를 위한 시안 인쇄물을 들고 스님을 계속 독대하다 보니 9월에 시작한 작업이 다음 해 2월까지 이어져 갔다.

그토록 홀로 있기를 고집하셨던 스님을 6개월 동안 주기적으로 친견한 인연도 아마 없을 것이다. 그때의 스님은 그만큼 맑고 향기롭게에 빠져 계셨다.

당신이 왜 그토록 맑고 향기롭게를 주창하시게 되었는지, 당신이 소망하신 비움과 무소유적 의미, 웬만큼 밀착되지 않고서는 알 수 없는 당신의 발효된 지혜, 대상을 직관할 때 드러나는 취모검吹毛劍(불성을 뜻하는, 털이 날아와서 붙어도 잘리는 매우 예리한 칼) 같은 분석적 언어, 그리고 당신의 감추어진 내면의 세계나 인간적 느낌까지 나는 스님의 모든 것을 훈습薰習하고 있었다.

지금도 변함없이 사용되고 있는 '맑고 향기롭게' 그 연꽃 캐릭터는 20여 년 전에 스님의 눈길과 마음을 담아 그렇게 만들어졌다. 예술은 식견이 높은 사람보다 감동을 가진 사람이 더 행복한 사람이라는 말도 있지만 스님은 역시 바늘과 우주를 다 가진 어른이셨다. 결코 비범하지 못했던 나의 평범을 당신의 바늘을 통해 깨우쳐주신, 나의 40대 중반은 행복의 절정에 있던 시절이었다.

마음과 마음

나는 여행을 할 때 가급적 혼자 다닌다.
특히 서울을 오고 갈 때 상경 4시간, 하향 4시간은 과거 현재 미
래를 유체이탈하며 사유를 즐기곤 하기 때문이다. 작업이 마무
리되어갈 무렵 오늘도 상경하는 버스 안에서 문득 불일암과 조
계산을 추억하고 있었다.

늦은 봄 진달래 속에서 아득히 들려오는 뻐꾸기 소리, 물안개
호수 위에 그림자 같은 여름날의 조계산 자락, 텅 빈 암자의 뜨락
에 이리저리 날려가는 만추의 낙엽들. 얼음달 사이로 계절보다
앞서 떠나는 철새들의 여운. 차 한 잔의 향으로 사유의 뜰을 넓

혀가던 침묵의 방······.

'거꾸로 보기' 이후 곧잘 내 작품의 소재로 얻어온 이 감상들은 지난 세월 스님을 찾아 조계산에 오를 때마다 불일암이 내게 베푼 화상의 뿌리였다.

당신 말대로 기대하지 않고 산에 왔다가 인기척이 없으면 없는 대로, 주인 없는 암자에서 한두 시간씩 적요의 뜨락을 서성거리곤 했다. 산죽이 바람을 만나 댓잎끼리 부비는 소리도 지켜보고, 후박나무 가지 사이로 떠오른 창백한 달빛도 만져보고, 풍경소리 아득하게 점을 찍으며 멀어져 가는 여운도 담아오면서, 나는 갈 때마다 몇 점의 스케치는 꼭 건져오곤 했다.

내가 이리저리 담금의 과정을 방황하다가 30대 후반부터 지금의 화상으로 정착하게 된 것 또한 스님의 여운이 짙게 배어 있는 조계산과 불일암의 선물이었다. 그러나 사람의 흔적이 이렇게도 무서운 것일까. 당신이 강원도로 떠나신 후 제자들이 번갈아가며 수행하고 있으나 그때만큼 발길이 닿질 않았다. 지난 4년 동안 꼭 두 번 가보고 추억을 접었다.

2월 말, 해를 바꾸어 작업해오던 맑고 향기롭게 캐릭터 작업도 이제 접혀져 가고 있었다. 지난 반 년 동안 내 인생에 두 번 다시 오지 않을 스님과의 독대였다. 헤어져야 할 시간이 점점 다가오자 나도 모르게 말을 잃어가고 있었다. 스님께서도 지난주에 뵈었을 때 차 한 잔 하자셨지만 대답만 하고 그냥 하향해버렸다. 그것이 마무리 차담이라는 것쯤은 알고 있었기에 슬그머니 피하고 만 것이다.

나는 어느 사이 '나만의 스님으로 그를 품고 있었던가?' 스스로 놀랐다. 더 이상 철없는 집착과 감상을 내려놓고 오늘은 스님과 버리고 떠나기를 해야 한다. 야무지게 다짐하고 상경을 했다.

"우천 거사, 지난번 내게 선물한 그 차 말인데, 고마워. 맛이 아주 깔끔하더라구. 어디 보성차라 했던가?"

"아…… 네."

"햇차가 나올 때까지는 이봐! 우천, 뭘 생각해?"

"아, 아닙니다."

왠지 말이 나오지 않아 찻잔만 내려다보고 있었다. 두 사람 사이에 차 한 잔의 시간이 흐르고 있었다.

"우천, 조선시대에 사명 스님이 스승이신 서산 노사를 찾아 묘향산에 갔을 때 일화, 이미 알고 있겠지?"

"네, 조금은 알고 있습니다."

"그래, 웬만한 불자라면 그 의미 모르진 않을 거예요. '지금 어디서 오는가?' '옛길을 따라서 왔습니다.' '옛길 따르지 말라!' 딱 세 마디였지. '오직 너의 길을 가라'는 이보다 더 준엄한 가르침이 없었기에 지금도 불가에서 회자되고 있어요."

"네, 저도 학생들 앞에서 이따금 인용하곤 합니다."

"그래, 우천도 교육 현장에 있으니 잘 알겠지만, 제대로 된 사제관계라면 빛깔과 향기는 분명 달라야 해요. 제자들이 스승의 복사품이 되거나 스승에게 붙잡혀 있다면 그건 도로徒勞아미타불! 혼 빠진 공부요, 헛 세상 산 거야!"

"……."

"우천에겐 이미 오래전에 '수상족상'의 평생 화두가 있었던 것으로 기억하는데, 그 화두 잊지 않고 늘 챙기며 산다면 그보다 더 명쾌한 답도 없고 시절인연도 만나게 될 게야."

"네, 잊지 않고 있습니다."

"그간 고생 많았어요. 내가 큰 빚을 졌어."

"아, 아닙니다. 저는 스님과 함께했던 시간이 제 평생……."

더 말을 잇지 못할 만큼 목이 메어버렸다.

"그렇게 생각해준다면 고마운 일이고…… 맑고 향기롭게가 계속되는 한 우천의 연꽃도 계속 피어날 게야."

"……."

"그리고 강원도 토굴에 있건 전라도 광주에 있건 공간적 거리가 무슨 장애가 되겠나. 다 마음과 마음인 게지."

스님의 다독거린 시선이 온몸으로 건너왔다.

하향하는 심야버스 유리창에 마지막 겨울의 춘설이 뿌려지고

있었다. '오늘이 마지막 날인가. 이제 개인적인 친견, 더는 없겠지…….'

이 무슨 철없는 비애란 말인가. 스님을 다시 뵙지 못하는 것도 아닌데. 소 등에 앉아 소를 찾는 기우멱우騎牛覓牛라더니. 이 나이에 어울리지 않는 이별의 내출혈에 시달리며 다시 한 번 성장통을 겪어야 했던 쓸쓸한 밤이었다.

그날, 스님을 뵙고 헤어질 때 가볍게 내 등을 토닥거려주셨던 그 온기를 나는 지금도 문득문득 떠올리며 사무친 마음으로 스님을 추억한다.

임금님 수라상

'맑고 향기롭게' 창립준비위원회가 구성
되어 서서히 가동되기 시작했다. 승속의 삭발, 유발 인연들이 서
울, 부산, 대구, 광주, 대전 등 전국에서 십 수 명이 모여들었다.

모두들 법정 스님과는 각별한 인연들이었고 직업들도 법조인,
언론인에서 사업가, 자영업자에 이르기까지 만물상이었다. 주로
청학 스님이 중심이 되어 구성했고, 모임의 주관도 그가 도맡아
수고를 보탰다. 결국 이 남녀들이 법인 이사나 지방 본부장들을
맡아야 할 핵심 인사들이었다. 모두들 독실한 불자들이었고 대
부분 나와 동년배거나 선배들이었다.

맑고 향기롭게 실천덕목은 예전 문화방송 '오발탄'과 '신문고'

그리고 불교방송 '고승열전'의 인기작가 윤청광 선배께서 스님의 뜻을 정리하여 '마음을, 세상을, 자연을, 맑고 향기롭게' 한다는 큰 틀의 밑그림을 그리셨다. 그리고 여러 의견들이 조율되어 그 세 가지 방향마다 또 세 가지씩, 9가지의 실천지침까지 구체화되어 서서히 그 모습을 드러내고 있었다.

항상 회의가 끝날 무렵 다음 모임의 일자가 미리 정해지는데 때론 사전 예고도 없이 급하게 진행될 때도 있었다. 그날도 회합을 끝내고 식사를 하기 위해 공양간 식탁에 둘러앉았다.

스님은 강원도 산속에서 이따금 서울에 볼일이 있어 나오실 때면 굴러가는 것이 신기할 정도로 낡아빠진 스텔라 자동차를 손수 운전하고 오시곤 했다. 그리고 당신이 필요한 최소한의 물품을 구입하시거나, 이곳 법련사에 들러 공양주가 가끔씩 챙겨주는 한두 가지 밑반찬을 들고 돌아가시곤 했다.

그런데 그날은 예정에 없던 급한 모임을 갖다 보니 공양간에 사전 연락이 닿지 못했던 것 같다. 공양주 보살이 '미처 시장을 보지 못해 상차림이 부실하다'며 거듭거듭 민망해하자 법정 스님이 이렇게 위로하셨다.

"보살님, 여기 배추김치, 묵은 깻잎, 오이 무침 세 가지 반찬에 감자채 넣은 된장찌개라, 일탕삼채—湯三菜면 임금님 수라상도 부럽지 않습니다."

동석한 인사들도 모두 승려나 불자들이기에 다들 괜찮다며 보살님을 위로했다. 그때 다시 스님께서 한마디 하셨다.

"나 사실 보살님께 고백할 일이 하나 있는데, 작년 여름 보살님이 담아주신 열무김치 한 통과 더덕고추장 한 통을 생각하면 지금도 아쉽고 짠한 생각이 듭니다. 사실 보살님께 미안해서 그동안 말을 못했지만……."

식탁에 둘러앉은 우리로서는 처음 듣는 말씀이었다. 보살님도 당신과 관계된 이야기다 보니 가까이 다가와서 듣게 되었다.

"문패도 번지수도 없는 집에서 국가에 세금 낼 일 없이, 미안하게도 무임승차로 살다 보니 당한 일이긴 하지만, 해발 800고지에 전기, 수도 시설이 없는 첩첩산중인데 냉장고가 있을 턱이 없지요. 이따금 선물 받은 김치를 하루라도 더 오래 먹으려면 토굴 앞으로 흐르는 실개천에다 보관해야 합니다. 항상 개천 한구석에 작은 돌을 쌓아서 막아놓고 반찬통이 절반쯤 물에 잠기도록 적당한 돌로 뚜껑을 눌러놓고 사는데, 점심 공양 시간에 나가보니 아 글쎄, 오전에 잠깐 내린 비에 계곡물이 불어나 김치통이 떠내려가 버렸지 뭡니까?"

"……."

국, 밥이 식어가고 있었지만 누구 하나 숟가락을 드는 사람 없이 스님 말씀에 빠져들었다.

"항상 해오던 습관이라 걱정을 안 했는데 여름 날씨란 변덕이

심해서, 개천을 따라 산 아래까지 한참을 찾아보았지만 끝내 못 찾고 에이, 그때의 허망함이란. 그 후 두 달가량을 텃밭에 심어놓은 풋고추와 된장국으로만 살았는데 아이구! 그때는 이것이 인욕忍辱이구나 싶었습니다."

"……"

"풋중 시절 통영 미래사나 쌍계사 탑전에서 효봉 은사 모시고 살 때는 6.25 직후라 아예 굶는 게 절반이고, 공양을 해도 오직 간장 하나로도 잘 버텼는데, 나도 이제 늙어가나 봅니다."

스님의 철저한 계율과 검소한 생활 자세는 일찍이 불일암에서도 늘 보아온 일이다. 반찬이 없다고 다시 마을로 내려올 스님이 아니다.

지금 세상이 수탈만 당했던 일제강점기도 아니고 6.25 전쟁으로 피란 다니던 시절도 아닌데, 명색이 올림픽을 치른 선진국(?)에서 스님은 그것을 오히려 자신의 수행을 위한 인욕의 의지로 극복코자 하셨을 것이다.

'풋고추와 된장'만으로 두 달을 살았다는 당신의 말씀에 모두 다 숙연해져 버렸다. 스님 곁에서 선 채로 듣고 있던 보살이 그만 눈시울을 급하게 깜박거리더니 등을 돌려 싱크대 쪽으로 가버렸다.

"허어, 이거. 임금님 수라상을 앞에 두고 내 이 공연한 소리를 해서, 보살님께 미안했다는 말을 하려던 것이 그만. 자, 자! 어서

들 드십시다. 다 식습니다. 어서요!"

　나는 이후 집에서도 반찬을 세 가지 이상 못 놓게 하는 버릇이 생겨 '아이들은 법정 스님 제자가 아니다'는 안사람의 핀잔과 투덜댐을 계속 들어야 했다. 스님이 떠나신 지금도 그때 그 초라했던 법련사 식탁을 떠올리며 나태해지려는 자신을 추스르곤 한다.

---

* 훗날 이 이야기는 《버리고 떠나기》 당신의 수상집 '개울가에서' 편에 실리게 된다.

스
님
의

직
무
유
기

　　　　경복궁 정문 앞 법련사가 큰 화주의 보
시로 기존의 허름한 한옥이 철거되고 새로 공사가 시작되자, 맑
고 향기롭게 창립준비 모임은 부득이 다른 곳으로 옮길 수밖에
없었다.

　법련사를 비롯한 주변의 비슷비슷한 한옥들은 군사통치 30여
년 동안 청와대 근처라는 태생적 불행으로 고도제한에 걸려 전
혀 꿈쩍도 할 수 없었다. '문민정부' 들어서서야 증축이나 확장공
사가 가능했다. 지금의 법련사는 1994년 여름, 그렇게 해서 완공
되었고 우리는 도리 없이 그해, 연초에 방을 비워줄 수밖에 없었
다. 그래서 비원 건너편에 있는 허름한 9평짜리 오피스텔로 이사

를 했다. 살림이라야 책상 세 개, 철제 접이식 의자와 나무 의자 몇 개가 전부였다. 그래도 모두들 뜨거운 열정들이 있어 스님을 비롯한 창립 발기인들은 왕복 8시간, 10시간씩 걸리는 장거리 지방에서도 마다하지 않고 모여들었다.

어느 날이었다. 몇몇 스님, 처사, 보살 등 전국에서 올라온 15인 정도가 회의를 하고 있는데 한 통의 전화가 걸려왔다. 전화를 받던 보살의 목소리가 갑자기 버벅거리더니 스님께 전화를 넘겨준 표정이 확연히 긴장되어 있었다.

"여보세요. 전화 바꿨습니다. 아, 그렇습니까? …… 네, 3월 말에서 4월 초쯤으로 잡고 있지만 확정되진 않았습니다."

우리들은 전화 상대가 예사롭지 않다는 것을 직감하고 전화를 처음 받았던 보살에게 가만히 손짓으로 '누구냐'고 물었다. 그 보살 역시 소리 없이 입술 모양만으로 '청, 와, 대'라고 대답했다.

"좋은 말씀입니다. 종교가 하나 되는 모습 아름답지요. 그렇지만 저희 모임의 취지가 오해될 소지가 있지 않겠습니까?"

"……."

"물론 잘 알지요. 그러나 경호원이나 수행원 없이 혼자 오실 수는 없지 않겠습니까?"

"……."

"그렇지요. 사전 현장 점검한다고 검은 옷 입은 사람들이 설쳐대면 순수한 저희들의 모임 취지가 엉뚱한 오해를……."

"……."

"저희가 지금 회의 중에 전화를 받았습니다. 마음 써주신 성의만은 여기 모인 분들이나, 그날 행사에 참여한 모든 사람들에게 대신 전해드리겠습니다."

"……."

"글쎄요. 관심 가져주신 것만으로도 감사합니다. 지금은 회의 도중이라 미안합니다. 저희들끼리 상의해보고 연락드리겠습니다. 그럼."

　전화는 그렇게 해서 스님 쪽에서 먼저 끊어버렸다. 그러나 그날 회의가 끝날 때까지 '저희들끼리 상의'도 없었고, '대신 전해주겠다는 성의' 말씀도 없었다. '연락드리겠다'는 모습도 본 일이 없었고 구인사 창립법회 때도, 10주년 기념행사 때도 '대신 전해주겠다'는 그 어떤 말씀도 끝내 듣질 못했다. 아예 언급 자체가 없었다. 우리는 그저 짐작만 할 뿐 스님은 영원히 직무를 유기한 채 이승을 떠나셨다.

　연꽃이 불교의 상징이라는 이유만으로 독립기념관에서 경복궁 경회루, 창덕궁까지 연꽃이란 연꽃은 모두 뽑아버린 현 정부의 '종교편향정책'에 대해 공개적으로 사자후를 토해버린 법정 스님. 그로 인해 서슬 퍼런 문민정부 대통령의 사과를 받고, 감히 국모 國母 님의 전화를 회의 중이라는 핑계를 대어 일방적으로 끊을 수 있는 수행자가 지금 이 땅에 과연 몇이나 될까?

　우리는 이따금 전설 같은 일화들을 입에 올린다.
　일제강점기에 조선 총독 앞에서 주장자를 내려치며 독설로 당당히 맞섰던 만공 스님, 유엔군 사령관과 이승만 대통령에게 법당 안에서는 모자를 벗으라고 일갈했던 동산 스님, 이승만 대통령 생신잔치에서 '생불생 사불사生不生 死不死'(살아도 산 것이 아니요, 죽어도 죽은 것이 아닌데 생일잔치 따위가 무슨 필요가 있는가)의 법어를 던졌던 효봉 스님, 자신을 만나고자 하면 누구에게나 요구했던 대웅전 3천 배를 감히 박정희 대통령에게도 예외 없이 요구했던 성철 스님 등……

이것은 결코 선지식들이 교만해서도, 순교를 자청해서도 아니다. '모든 중생은 평등하다. 차별심差別心, 분별심分別心을 갖지 말라'는 불조의 가르침을 실천했을 뿐이다.

법정 스님 또한 평생을 어떻게 살아오셨는지 되돌아보면서, 현장에 있었던 나는 진정한 청안납자靑眼衲子의 눈 푸른 당당함이 무엇인가를 똑똑히 배우고 있었다.

따
라
서
해
봐

추적추적 봄비가 내리고 있었다. 맑고 향기롭게 회의가 있어 비원 건너편 오피스텔 사무실을 찾았다. 밖에서 우산을 털고 손수건을 꺼내 옷매무새를 고친 후 문을 열고 들어섰다. 먼저 와 계신 법정 스님과 법우들이 밝은 모습으로 반겨주셨다.

"허어! 이 궂은 날 우천에 우천이 오시네."

내 수계명이 우천又泉(마르지 않는 샘물)임을 모두 알고 있는 터라 여기에 우천雨天을 더한 스님의 조크에 한바탕 웃음이 터졌다.

필자 이후 세 사람이 더 오자 회의가 시작되었다. 한참 회의가 진행되고 있는데 지켜보고 계시던 스님이 갑자기 손을 들어 "잠깐! 긴급동의!" 회의를 중단시켰다. 그러곤 참석자들을 둘러보시더니 앉아 있는 오른쪽 순서대로 갑자기 '맑고 향기롭게' 중에 '맑고'를 발음해보라 하셨다.

"막고! 말고! 막꼬! 말꼬! 막고!"
"뭘 막으라는 소리야! 향기롭게를 하지 말고 막자고?"
여기저기서 키득키득 웃음이 터졌다.
"두 사람 빼놓고는 다 틀렸어! 물론 팔도강산에서 다 모였으니 그 지방 특유의 사투리 발음을 이해 못 하는 것도 아니고, 그동안 길들여진 언어 습관이 하루아침에 바뀌지도 않겠지만 장차 맑고 향기롭게를 이끌고 갈 사람들이 발음 하나 제대로 못 해서야 원! 나를 따라 해봐요. 맑고 향기롭게!"
"말고 향기롭게! 막고 향기롭게!"
"아니에요! 맑고나 밝고 등 겹받침인 경우에는 앞 받침 중심으로 발음하는 것도 몰라! 자, 다시 한 번 따라서 해봐요. 맑고 향기롭게! 맑고 향기롭게!"
"맑고 향기롭게! 막고 향기롭게! 마꼬 향기롭게!"
"아니라니까! 여기 이쪽부터 한 사람씩 다시 해봐요."

돋보기를 썼다 벗었다, 머리가 희끗희끗한 초로의 법우들이 갑자기 말 배우는 유치원생이 되어 스님의 선창을 따라가고 있었다. 그때 한 법우가 경상도 사투리로 일갈을 해버린 바람에 박장대소하며 뒤로 넘어졌다.

"야, 마꼬 바름 한번 디기 어렵대이."

맑고 향기롭게를 준비하면서 사단법인
으로 등록할 무렵 우리들은 첫 시련을 겪게 되었다. 등록을 하려
면 여러 가지 서류에 여러 가지 내용을 기재해야 하는데 스님의
속명과 대표자 선정 및 명칭 부분에서부터 곤욕을 치르게 된 것
이다.

스님은 법정法頂이란 이름으로 살아온 세월이 40여 년인데 까
마득히 잊어버린 속명이 왜 튀어나와야 하며, 시민모임 하나 만
들면서 무슨 대표자나 대표자 명칭이 왜 필요한가에 대한 불편
함이셨다. 즉 수직적 관계가 아닌 수평적 입장에서 발기인 이름
도 가나다순으로 등록하자는 말씀이셨다.

국가에서 요구하는 서류는 비록 비영리단체라 할지라도 주민 등록표에 기재된 속명을 쓸 수밖에 없음은 마지못해 이해하셨으나 대표자 명칭에서 기어이 사단이 나고 말았다. 회의에 참석했던 법우들 입에서 총재, 이사장, 대표이사, 총장, 의장, 위원장, 회장 등이 거론되자 '여기가 무슨 정치판이냐'며 언성이 높아졌다.

"이거 정말! 등록하지 않고는 일 못 하는 겁니까? 첩첩산중에 홀로 사는 중에게 무슨 놈의 의장이고 총장이란 말입니까?"

등록하지 않으면 불법단체가 됨을 뻔히 아시면서도 노골적으로 불쾌감을 숨기지 않은 채 호랑이 눈에 호랑이 상을 짓는 바람에 그날 회의는 도중에 무산되어버렸다.

스님으로부터 맨 처음 그림부채를 선물 받고 불일암에 갔을 때나, 낯선 처사들의 총무원장 출마를 권유받았을 때 보았던 호안호상虎眼虎相을 또 보게 된 것이다. 얼음선사 이전에 역시 조호曹虎선사(조계산 호랑이)였다.

며칠 후 다시 회의가 소집되었다.

"서류 작성 문제 하나 때문에 지방에서 두 번씩 오시게 하고, 번거롭게 해서 미안하게 됐습니다."

스님의 사과 말씀을 시작으로 회의는 다시 속개되었다. 그간 다른 스님이나 삭발 제자들이 어떻게 설득했는지 표정은 편치 않았으나 대표자 성명 칸에 속명과 명칭은 기입하게 되었다. 박

재철朴在喆. 성씨도 속명도 처음 알게 되었다. 서류상 '이사장'으로 겨우 올리긴 했으나 절대 그 명칭으로 부르지 못하게 하니 대표자 호칭 문제에서 또 다시 표정이 일그러졌다. 속가에서 일반적으로 사용되는 명칭을 일절 배제하고 보니 참으로 난감했다.

십 수 명이 머리를 짜내고 또 짜서 겨우 선택한 단어가 '회주會主'라는 낯선 명칭이었다. 스님께서도 또다시 회의를 무산시킬 수는 없었다. 서류상 어쩔 수 없이 이사장으로 기입은 하고 호칭은 회주로 하되 가급적 종전대로 '법정 스님', '불일암 스님'으로만 불러줄 것을 모든 참석자들에게 다짐받은 후 마지못해 수락하셨다.

그런데 재미있는 일은 그 후에 터졌다. 주변에서 대표자 호칭이 애매모호하다고들 하더니 이것이 절 집안에서 유행이 되어버렸다. 사찰에 따라 적당한 직함이 없던 어른 스님이나 큰 보직 후에 은퇴한 노스님들을 예우 차원에서 간헐적으로 '한주閑主', '회주'라 호칭하는 경우는 있었다. 그러던 것이 법정 스님을 회주로 호칭한다 하니, 이 절 저 절 모든 절에서 드러내놓고 서류상 기재까지 해가며 회주 스님이 생겨났다.

우리는 어쩔 수 없이 쥐어짜서 어거지로 만든 명칭인데, 알게 모르게 법정 스님의 영향력은 이와 같았다.

평소에도 인사드린 사람이 '큰 스님, 큰 스님' 하고 호칭하면 스님은 늘 이렇게 말씀하셨다.

"큰 중, 작은 중이 따로 있답니까? 분별심, 차별심 갖지 말라는 불가에서 오히려 상相 짓는 짓들 하지 마세요."

또 친견자가 삼배三拜라도 드릴라치면 일배만 맞절하고 더 이상 못 하게 하거나 상대가 고집을 부리면 외면하거나 일어나버리신다. 전국 임원들이 합동 세배를 드릴 때였다.

"죽은 자한테나 재배고 삼배지, 살아 있는 놈이 무슨 부처님하고 동격이라고 뻣뻣하게 앉아서 삼배를 받는다는 말입니까? 그건 하는 자나 받는 자나 불가에 없는 비례非禮입니다."

그래서 우리는 모두 일배만 드린다.

스님은 산속에서 홀로 지내면서도 일 점 흐트러짐이 없었다. 대부분 스님들이 귀찮아하는 바지 무릎 아래를 여미어 매는 '행전' 착용도 반드시 하셨으며, 겨울 모자, 목도리, 신발 등도 반드시 흰색, 회색, 검정색 등 무채색만 사용하셨다. 시자도 없이 혼자 사시면서도 평상시 입는 동방 상하복은 언제봐도 뻣뻣하게 풀이 매겨져 도끼날이 세워져 있고, 여름 한철 쓰시는 삼천 원짜리 밀짚모자 하나를 한 40년 쓰셨을까. 드시는 것도 철저한 채식 중심의 공양이었고 기껏 즐기시는 것이라곤 물미역과 국수 정도였다. 마치 진정한 자유인일수록 자신의 내부에 나름의 규칙이 있고, 부처님 계율은 지키라고 존재한다는 것을 보여주시는 불가귀감의 표본이셨다.

스님은 부처님 정법에 어긋나는 일, 경우에 없거나 상식에서 벗어나는 일, 주인의식 없이 비겁하게 하는 언행, 바르지 못하거나 순수에서 일탈된 모습 등이 보일 때는 거침없이 역화문의 할喝이 터져 나왔다. 물론 아무 곳에서 아무한테나는 아니다.

상대의 그릇을 보아가며 당신 곁에서 최소 10년 이상 문지방깨나 닳은 인연들에게만 준엄하셨다. 자, 이러니 막행막식막언에 길들여진 승속의 모리배들은 스님의 모든 것이 부담스러울 수도 있었을 것이다. 우리는 이번 생을 살아가면서 동시대에 거인을 모셨던 복 많은 법정사관학교 생도들이었다.

스
님
과

여
인

호암아트홀에서 맑고 향기롭게 송년 음
악회가 열리는 날이다. 여러 법우들과 함께 스님을 모시고 홀 입
구에 들어서는데 넓은 로비에는 객석으로 들어가지 않은 많은
관객들로 붐비고 있었다.

이때였다. 갑자기 큰 소리로 "저기요! 스님 잠깐만요!" 어떤 중
년 부인이 다급하게 쫓아와 스님의 앞길을 막고 서더니 재빠른
손놀림으로 자신의 손가방을 열었다.

로비 안에 있던 많은 관객들의 시선이 스님과 여인에게 꽂혔다.
순식간에 벌어진 당황, 흥미, 놀람, 관심이 교차했다. 가방 안에서

꺼낸 것은 한 권의 책이었다. 얼핏 보니 스님의 저서인 듯했고 그 보살은 책표지를 재빨리 넘겼다. 그리고 참으로 어처구니없게도 '한 말씀만 써달라'고 스님 코앞으로 책을 밀었다. 모시고 다니다 보면 이따금씩 당하는 황당함이었다. "이 무슨 경우 없는 짓이냐?"고 동행인들이 보살을 밀쳐내려 하자 스님께서 만류하셨다.

"정말 한 말씀만 쓰면 됩니까?"
"네, 스님 자필로 한 말씀만 부탁드립니다."
스님께서 만년필을 꺼내 들자 이 보살은 두 손을 모아 합장을 하다, 박수를 치다, 발을 동동 구르는 등 어쩔 줄 몰라 했다. 저렇게 좋을까. 감정 조절기의 전원이 나가버린 여인이었다. 스님과 여인 주변으로 더 많은 인파들이 몰려들었다. 스님은 빠른 속도로 몇 자 쓰신 후, 책을 보살에게 건네주고 총총히 홀 안으로 들어가셨다.

책을 되받은 보살은 스님의 뒷모습을 향하여 두 번 세 번 합장 절을 하고 있었다. 주변의 구경꾼들이 뭐라고 쓰셨는지 궁금해서 보살에게 빨리 책을 펴보라 했다. 보살이 잠시 버벅거리자 곁에 서 있던 한 처사가 재빨리 보살의 책을 낚아채 펼쳐보더니 "푸하하하" 웃음보를 터트렸다.

"진짜 '한 말씀'이라고만 쓰셨다!"

구경꾼들은 보살의 표정과 한 말씀이라고만 써버린 스님의 능청 사이에서 포복절도하며 넘어질 수밖에 없었다. 아름다운 추억이었다.

대원각과 길상사

        법련사 골방을 떠나 비원 건너편 7층 오피스텔에 쪽방 사무실을 얻어 전국 회원 1만여 명을 이끌고 3년째 북적대고 있었다.

    평소에는 그렇다 해도 전국 회원들이 모여든 일 년에 몇 번씩 치르는 큰 행사는 계획 자체가 어려운 상황이었다. 회원들 하계연수, 시민선방, 워크숍, 송년 음악회 등 행사 때면 지정사찰이 없다 보니 이리저리 떠돌 수밖에 없었다. 한 해는 청도 운문사, 또 한 해는 김천 직지사로 또 다음 해는 장성 백양사로……

    언제까지 전국을 상대로 떠돌아야 하는 것인지, 법인 이사들이나 지방 본부장들은 무거운 돌덩어리 하나씩을 안고 있었다.

뿌리가 없다 보니 꼼짝없이 쉴 곳 없는 언 병아리 신세들이었다.

그 무렵 대원각 김영한 보살께서 건강이 악화되어 병원에 입원하셨다는 기별이 들려왔다. 본부 이사급들은 스님과 노보살 사이의 인연은 오래전부터 알고 있었고 재산 상속 문제에 대해서도 스님의 뜻을 이미 아는 터라 대부분 벙어리 냉가슴들이었다. 거론 자체가 금기였다.

'아무런 조건 없이 시주할 테니 부처님일에만 써달라'는 노보살의 숭고한 뜻이 '지금까지 어떤 일에도 얽매여 살아오지 않았고 앞으로도 그럴 생각 없다'는 스님의 벽 앞에 막혀 있었다. '반드시 법정 스님께만 드리겠다'와 '내 삶을 번거롭게 하지 말라'는 강제와 거절이 10년이 다 되도록 계속되고 있었다. '무주상보시'와 '무소유' 사이의 고집과 냉전은 여전히 평행선을 긋고 있었다.

결국 여기에 맑고 향기롭게 법인 이사들과 전국 본부장들로 구성된 이사급들이 작심을 하고 끼어들 수밖에 없었다. 집단적으로 파문을 당하거나 인연을 접고 내쳐질 각오로 집요하게 스님을 설득하기 시작했다.

오랫동안 스님을 모셔왔고 후일 길상사 초대 주지가 되었던 청학 스님을 중심으로 심지어 '무소유' 철학까지 걸고넘어지는 파상공세의 대반란이었다.

"날이 갈수록 가족 수는 불어나는데 손바닥만한 사무실에서 무얼 어떻게 하자는 것입니까? 해마다 행사 때가 되면 이 절 저 절 떠돌며 동냥질도 한두 번이지, 어디 한 곳 기댈 곳도 없으면서 이 모임은 무엇 때문에 만드셨습니까?"

"만약 그 재산이 잘못 전해져 사회의 순기능 역할을 못 하고 역기능으로 작용하거나, 개인적 사유물로 전락해버린다면 스님의 도의적 책임 또한 벗어나기 어려울 겁니다. 노보살의 10년 발원 소망을 끝까지 외면하는 것이 스님의 자비행입니까?"

"80 노보살이 병원에 입원하신 후 그토록 스님을 찾으신다는데 재산 상속의 부담으로부터 '무소유'를 지킨답시고 문병 한 번가지 않는 것이 스님의 인사법이고 무소유의 실체입니까? 그 무소유는 철학을 위한 무소유입니까 실천을 위한 무소유입니까?"

설득, 협박, 고언, 압력, 읍소가 몇 달째 계속되었다. 결국 노보살님의 생명이 경각에 달려 위독하다고 침소봉대할 수밖에. 무슨 말씀을 드려도 요지부동이다 보니 노보살님의 목숨을 담보로 고육지책을 쓸 수밖에 없었다.

만남 자체를 거부하시니 대화가 있을 수 없었다. 나는 스님께서 문병 가신 현장에는 동행하지 못했지만 후일 노보살께서 이렇게 말씀하셨다고 전해 들었다.

"법정 스님이 아니라도 여러 스님들이 다녀가셨습니다. 심지어 법정 스님만 스님이냐는 원망도 들었고, 다른 스님들 얘기도 들어보면 그들도 훌륭한 일에 잘 쓰실 수 있으리라 믿고도 있습니다. 그러나 내가 오로지 법정 스님만 찾았던 이유는 스님의 '무소유 정신'을 이어갈 이 시대의 도량다운 사찰 하나 남기고 싶은 소망을 지금껏 발원했기 때문입니다. 또 그 무소유 정신을 실천하는 '맑고 향기롭게' 모임이 스님의 사후에도 계속 이어지려면 그 뿌리는 하나 있어야 할 게 아닙니까?"

병상에 누운 노보살의 간절한 호소 앞에 '이것도 시절인연인가' 당신의 고집을 꺾을 수밖에 없었다. 1986년 법정 스님의 《무소유》를 읽고 마음을 굳힌 김영한 보살의 발원으로 우리나라 3대 요정 중의 하나였던 대원각大苑閣의 대변신이 이루어진 것이다.

1995년 6월, 송광사 말사 '대법사'로 우선 조계종에 등록을 하게 되었다. 그리고 요정 자리에 분냄새 고기냄새를 털어내고 어느 정도 가람으로서의 모습이 갖춰지자 1997년 12월, 오늘의 '맑고 향기롭게 근본도량 길상사吉祥寺'는 전설 같은 우여곡절 속에서 거듭나게 되었다.

나는 한 권의 책이 인간의 마음을 이렇게 흔들 수도 있는가. 사람의 행行을 악마로도 천사로도 만들 수 있는 현장을 지켜보면서 재물에 대한 인식을 크게 깨치게 되었다.

노보살의 소망이 이루어지던 날 그녀는 어느 기자와의 인터뷰에서 이런 소회를 남겼다.

"만들어서 드려야 되는데 있는 것을 드렸을 뿐, 도리어 민망할 뿐입니다. 그 재물이란 게 그분(백석)의 시詩 한 줄만도 못합니다."

그 엄청난 재산을 시주하면서 시 한 줄의 가치만도 못하다는 이 여장부의 불심佛心 한마디. 그래서 그녀를 사람들은 기녀 만덕萬德과 곧잘 비교하곤 했다. 18세기 정조대왕 때 가뭄과 흉년으로 굶어 죽어가는 제주도민을 위해 평생 모은 재산을 다 털어 살려냈던 기생 만덕을 떠올리며 '김영한' 그녀의 공덕과 칭송은 온 국민의 화제가 되었다.

자
야
의

순
애
보

　　　　　　　　　　　1997년 12월 14일, 요정 대원각이 길상
사로 거듭나던 날이다. 서울 성북구 성북동 323번지, 대지 7천여
평에 가옥 30여 채, 1천 2백억(요즘 시가로는 약1조 원) 상당의 재
물을 길상화吉祥華라는 불명 하나와 바꿔버린 김영한金英韓 노보
살님.

　그녀는 살아생전 '재물 쓰는 법'의 큰 가르침을 온 국민에게 행
동으로 보여주었다. 또 '맑고 향기롭게' 모임을 위한 텃밭을 만들
어준 감사의 마음은 세월이 이만큼 지났는데도 필자의 가슴속
에 지문처럼 살아 있다.

길상화 보살은 1999년 84세를 일기로 이승을 떠나셨고, 당신의 마지막 유언대로 그의 육신은 화장된 후 길상사 뜨락에 한 줌의 재로 뿌려졌다. 나는 그분이 살아온 한 생애에 대해 여기저기서 읽고 들은 조각글들과 현장 체험이 있어 아직 내 기억에서 사라지기 전에 독자들과 동심同心을 나누고자 그분을 추억해본다.

예로부터 기적에 이름을 올린 대부분 기녀들의 기구한 사연이 그러했듯이 김영한 보살님도 본래 서울 관철동의 반듯한 반촌班村 출신이었다. 그러나 일찍이 부친을 여의고 조모, 모친 과부들 사이에서 어렵게 살다 보니 16세의 나이에 경성에 있는 권번券番을 스스로 찾을 수밖에 없었다.

'진향眞香'이라는 기녀의 이름으로 당대의 명창 하규일 문하에서 가무음곡을 익히게 되었으나 그녀는 노래와 춤만 재주가 있

는 게 아니었다. 문학적 재능도 뛰어나서 기생 신분으로 〈삼천리
문학〉지에 수필을 발표하고 '조선어학회'에 가입할 정도로 민족
의식까지 뚜렷했던 당찬 재원이었다.

 이때 독립운동을 하던 신윤국 선생이 김영한의 재주를 눈여겨
보다가 그녀를 일본에 유학을 보낸다. 그러나 유학 2년 만에 신
윤국 선생이 일경에 체포되어 함흥교도소에 수감되자 더 이상 공
부를 계속할 수 없어 귀국을 하게 된다. 돌아온 그녀는 선생의 옥
바라지라도 할 겸 별수 없이 함흥에서 다시 관기官妓로 나섰다.

 이때 함흥 영생여자고등보통학교 영어교사로 재직 중이던 백석
白石이라는 인물이 있었다. 그는 동료교사의 송별회에 참석코자
요리집 함흥관에 갔다가 원삼 족두리를 하고 춤을 추던 기생 진
향을 처음 보게 된다. 기생 진향, 즉 김영한 보살님이 평생 가슴
에 묻고 살았던 남자 백석과의 만남은 그렇게 이루어졌다.

천재 시인 백석, 본명은 백기행白夔行. 1912년 평북 정주 출신으로 민족시인 김소월의 오산소학교, 오산중학교 후배로서 일본에 유학, 아오야마가쿠인靑山學院대학 영문학과를 나온 당대의 엘리트였다. 백석은 이미 여러 편의 시집을 발간하였고 특히 1935년 〈조선일보〉에 작품 '정주성定州城'을 발표, 일약 문단의 주목을 받게 된다.

함흥 영생고보 영어교사이며 귀공자 타입의 빼어난 미남자였던 26세의 백석에게 22세의 기생 진향 역시 여자일 수밖에 없었다. 수많은 신여성들의 관심 대상이었던 백석은 기생 진향에게 정착하게 되고, 진향 또한 첫사랑의 남자 백석에게 자신의 운명을 맡긴다.

백석은 권번에서 얻은 진향이라는 이름 대신 '자야'라는 자기만 부르는 새 이름을 김영한에게 준다. 자야는 전쟁에 나가 생사를 모른 채 남편을 기다리는 여인의 한 서린 심정을 쓴 시, 당나라 이태백의 자야오가子夜吳歌에서 얻은 이름이었다.

함흥에서 두 사람은 꿈 같은 동거를 한다. 그러나 백석의 부모가 젊은 아들의 사랑놀음을 언제까지 봐줄 리는 만무했다. 결국 강제가 동원된 억지 결혼이 진행되자 백석은 고민 끝에 학교에 사표를 던지고 자야와 함께 서울로 내려와 청진동에 새 보금자리를 만든다.

진노한 백석의 부모는 기어이 자신들이 원하는 결혼을 진행하려 들다 보니, 백석은 견디다 못해 중대결심을 하게 된다. 영어, 일어, 중국어, 러시아어 등 5개 국어에 능통했던 젊은 천재 시인은 자야에게 누구도 찾을 수 없는 중국대륙으로 도피하자는 제안을 한다. 사랑하면서도 집안 반대로 헤어짐을 거듭해야 했던 백석의 고육지책이었다.

그러나 자야의 입장은 달랐다. 아무리 생각해봐도 천한 기생 신분인 자신이, 장래가 촉망되는 젊은 청년의 발목을 잡고 있다는 죄책감을 떨칠 수가 없었다. 그래서 그녀는 백석에게 역제안을 한다.

'나에게 오기만 하면 잡혀가는 꼴을 더 이상 볼 수 없으니 일단 지금의 생활을 정리하자. 당신은 중국으로 가고 나는 이곳 경성에 남겠다. 그리고 10년, 10년이 지나도 우리들 마음이 한결같다면 그때는 어떤 난관이 오더라도 영원히 함께하자'고 굳게 약속하고 둘은 헤어진다.

그때가 1939년. 백석은 중국대륙의 만주 신징, 안둥 등지로 떠돌다가 1945년 해방이 되자 고향 정주로 돌아갔고, 자야 또한 경성에서 기녀 생활을 계속하게 된다. 그리고 6.25전쟁이 터지면서 다시는 만날 수 없는 한 맺힌 세월이 되어버린다.

그 후 백석은 선친과 교분이 두터운 민족주의자 고당 조만식 선생의 통역비서로 일하다 김일성종합대학 교수가 되었다. 그러나 그의 시집 《사슴》, 《여승女僧》, 《고야古夜》 등에서도 알 수 있듯이 윤동주, 이상, 백석 등 서정적, 민족적, 낭만적 사고의 시인들이 공산사회의 코뮤니즘과는 애초부터 동거가 불가능한 입장이었다.

전쟁이 끝난 이후 1957년, 일대 숙청 바람이 불었다. 결국 백석은 대지주의 집안 출신에, 조만식의 비서에, 당 사상과 맞지 않은 퇴폐적 문학 등을 이유로 반동분자로 낙인, 협동농장 현지 파견 작가로 전락하고 만다. 말이 파견 작가지 농장 노예나 다름없는 불행한 삶을 살다가 1995년 84세를 일기로 자야보다 4년 먼저 이승을 떠났다.

해방 이후 경성에 홀로 남겨진 자야는 1953년 38세의 만학으로 중앙대학 영문학과를 졸업할 만큼 학구열이 대단했던 학사기생이 되었다. 그리고 6.25 전쟁 직후, 지난 20년간 모질게 모아둔 재산과 빚을 융통하여 폭격으로 부서지고 폐허가 된 성북동 배밭골을 거금 650만 원에 매입하게 된다. 이곳은 본래 최부자 별장이라는 설도 있고, 일제강점기엔 청암장으로, 전쟁 중에는 캘로부대 군인들의 주둔지로도 알려진 곳이었다.

이때부터는 김숙金淑이라는 비지니스 네임을 쓰기 시작했으며 이곳이 바로 대원각 터였고 오늘의 길상사 자리다.

1960년대 이후 박정희, 전두환 군사독재 시절, 국민은 고통받고 있을 때, 대원각을 비롯한 3대 요정은 30여 년 동안 요정정치의 전성기를 구가하였다. 세월이 흐르면서 기생에서 요식업 경영인으로 거듭나던 자야는 1980년대 후반 그나마 일선에서 손을 떼게 된다. 평생 일만 하다가 70이 넘어 모처럼의 망중한을 보낼 때 법정 스님의 《무소유》를 만나게 된 것이다.

젊은 시절 백석과 헤어진 후 미친 듯이 재물만 좇았고, 그녀의 유일한 벗은 평생 끊지 못한 줄담배였다. 결국 그로 인한 폐암으로 세상을 떠났지만 은퇴 이후 백석을 기리기 위해 2억 원을 쾌척, '백석 문학상'을 제정하였고 어려운 청소년을 위한 장학사업도 활발하게 전개한 '나눔'의 후반생이었다.

"가난한 내가, 아름다운 나타샤를 사랑해서, 오늘 밤은 푹푹 눈이 내린다"로 시작된 〈나와 나타샤와 흰 당나귀〉라는 백석의 시. 그녀는 그 시를 품에 안고 한 남자만을 애절하게 사랑했던 60년의 세월이었다.

요즘 젊은 인터넷 세대들이 과연 자야와 백석의 사랑을 이해나 할 수 있을까? 그녀의 생애 자체가 한 편의 소설이고 드라마이며 지고지순한 순애보殉愛譜였다.

죽은 자가 마지막 입고 가는 옷을 '수의'라고 한다, 그런데 그 수의에는 주머니가 없다. 망자가 생전에 누렸던 권력, 재물, 명예그 어떤 것도 가지고 갈 수 없음을 암시적으로 보여준다. 불가에서는 오직 '업業'만이 끝까지 동행한다고 가르친다. 선업이 되었건 악업이 되었건 그래서 심동왈업心動曰業 즉, 마음이 움직이면 바로 업이 따른다는 무서운 경책이 존재한다.

　'김영한'에서 출발하여 진향, 자야, 김숙을 거쳐 다섯 번째 '길상화'란 부처님 이름을 얻기까지, 기구했던 한 여인의 마지막 보시행은 그래서 온 국민에게 더욱 뜨거운 감동으로 다가왔을 것이다.
　역사는 현재의 거울이고 미래의 나침반이라 배웠다. 또 승자는 역사 속에서 정사로 남고, 패자는 야사 속에서 전설로 남는다고도 한다. 그러나 내가 현장에서 체험했던 '길상사·법정·길상화'는 각각 독립된 단어지만 하나로 묶인 채 일지삼화一枝三花가 되었다. 먼 훗날에도 맑고 향기롭게 피어난 연꽃의 주어가 되어 불가의 정사와 야사 속에서 두고두고 전설처럼 회자될 것이다.

사자후로 이끌다

국어 공부 다시 하다

　　　　　　스님을 모시고 맑고 향기롭게 일을 하면서 가장 어려운 일은 바깥일이 아니라 내부의 일이었다. 특히 각 지방 현장에서 활동하는 운영위원들 사이에 볼멘소리가 계속 터져 나왔다. 대부분 본부 이사급들은 스님과 몇십 년씩 인연을 쌓아온 터라 스님의 성품과 삶의 빛깔을 거의 체득하고 있었다. 그러나 스님의 책이나 법회를 통해서 다가온 최근의 인연들은 그 이해의 폭이 좁을 수밖에 없었다.

　우선 언어 사용에서 제동이 걸렸다.

　당신 스스로 수십 년간 글을 써온 터라 무심코 사용한 단어 하나하나에 새로운 해석을 내리셨다. 예를 들어 '자연보호' 운운하면 무안할 정도로 친절하게 설명을 하셨다.

"자연이 언제 우리에게 보호해달라고 부탁한 일 있습니까? 그 것은 인간이 자연에 대한 오만한 태도에서 나오는 소립니다. 자연은 보호의 대상이 아니라 보존하는 것입니다. 앞으로 우리 모임에서만이라도 자연보호가 아니라 '자연보존'으로 생각을 바꿔야 합니다."

또 어쩌다 맑고 향기롭게 운동 운운하면 관官 주도의 새마을 운동 뒷맛 탓인지 의도적이고 생색내는 냄새가 난다고 '모임'으로 고쳐 부르게 하셨다. 그뿐이 아니었다. 전국 지부에서 활동하는 자원봉사자들에게도 '봉사'라는 단어 속에 아상이 보인다 하여 활동으로 고쳐 부르게 하셨기에 우리들 사이에서는 '자원활동자'로 부른다. 봉사라는 단어를 부득이 쓸 수밖에 없을 때에는 평등의 입장에서 '나눔'으로 해석하라고 하셨다.

한번은 모 지방에서 행사명에 '불우이웃돕기 바자회'라는 현수막을 내걸었다가 하마터면 행사를 취소당할 뻔했다. 불우不遇라는 단어의 '당사자 입장'에서 생각해보았느냐는 면박이 날아왔다. 그 현수막과 각종 인쇄물, 어깨띠 등 모든 것을 폐기 처분하고 '우리 이웃 서로 돕기 바자회'라고 고쳐 써야 했다.

심지어 자연생태환경 운운하는 단어도 '자연생명존중'으로 고쳐 부르게 하셨다. 우리가 하는 일에 행여 겸손·하심·검소·침묵·평등 대신에 교만·아상·풍족·자랑·군림의 언행이 끼어들까

철저히 감시하셨다. 상황이 이러다 보니 각 지방에서 행사 한번 계획해도 중앙본부에 일일이 보고하고 점검을 받아야 했기에 도대체 조심스러워 일을 못 하겠다는 볼멘소리가 나올 법도 했다.

중앙에서 회의가 소집되면 항상 법인 이사들과 각 지역 본부장 및 지역 운영위원장까지 참석 대상이었다. 어느 날 회의 중에 지방의 한 운영위원장이 조심스럽게 한마디 건의를 했다.

"행사 용어 사용에 좀 더 선택의 폭과 탄력이 있으면 어떻겠습니까? 모든 홍보물, 인쇄물 하나하나 허락을 받아야 하니, 일도 더디고 애로 사항이 한두 가지가 아닙니다."

스님께서 이렇게 대답하셨다.

"불편한 줄 저도 압니다. 사회적으로 이미 일반화된 용어를 내가 자꾸 제동을 거니 당연히 불편하겠지요. 그러나 우리 모임의 목표가 마음을, 세상을, 자연을 맑고 향기롭게 하자고 되어 있습니다. 그중에 첫 번째가 '마음'으로 되어 있습니다. 여기서 마음은 타인이 아니라 우리 자신의 마음을 뜻합니다.

이 마음이 세상으로 향하기 전에 나 자신부터 겸허하게 정화되어야 합니다. 우리 모임이 하루 이틀로 끝날 일이 아니기에 출발부터 확실하게 해두자 싶어 그러는 것이니 이해해주시기 바랍니다. 내 마음부터 먼저 들여다보는 공부가 우리 모임의 시작임을 여기 모인 모든 분들에게 잊지 말도록 당부드립니다."

한 사람의 신념은 그냥 그대로 묻힐 수도 있지만, 집단이 같은 신념으로 밀고 나가면 그것은 현실이 된다. 현실의 묵은 관습, 즉 앙시앵레짐을 무너뜨리기 위해선 우리의 마음과 정신 그리고 언어에서부터 새롭게 출발해야 한다는 스님의 강한 의지가 엿보이는 대목이었다. 그래서 여느 NGO 단체나 봉사단체와 달리 내 가족들의 정신무장부터 시키고자 하셨다.

작금에 불교의 생활화, 생활의 불교화 더 나아가 불교의 현대화, 현대의 불교화라는 화두가 한국 불교의 이슈로 떠오르기 시작했다. 이를 위해 생활불교, 실천불교, 대중불교 운동이 교계에서 조용히 번지고 있으며, 바로 나 자신부터 머리로 찾지 말고 가슴으로 찾으라는 스님의 말씀과도 궤를 같이하고 있었다.

회의 때마다 매번 느끼는 일이지만 스님의 말씀을 듣다 보면, 선방 수좌들에게나 퍼붓는 서릿발 같은 입정入定의 사자후가 따로 없었다. 스님은 논리에 밝고 글만 쓰는 학승學僧이 아니었다. 당신의 깨침을 현실에 적용시켜 언행일치, 필행일치, 덕행일치로 이끌고자 했던, 모셔지는 고불古佛이 아니라 살아 움직이는 진정한 선사禪師였다. 얼음선사 만난 업으로 우리는 출발부터 국어 공부를 다시 해야만 했다.

이면의 모습

나는 법정 스님을 지근거리에서 30여 년을 지켜보았다. 처음 인연이 닿았을 때는 폭언과 함께 쫓겨나기도 했고, 헤어지기 힘들어할 때는 서산 스님의 일화로 깨우쳐주기도 하셨다. 때로는 칼날 같은 할이 날아오고, 때로는 조크나 능청 때문에 웃음을 참느라 입을 막기도 했다.

스님에게는 '얼음선사'라는 별명이 있다. 가까이 하기엔 너무 먼 당신이란 뜻일 게다.

당신의 상식 기준에서 벗어난 경우 부드럽게 거절할 때도 있지만 도가 지나치다 싶으면 상하좌우 관계없이 딱 잘라 매몰차게 거절하는 얼음장 같은 모습도 여러 번 보았다. 그때 거절당하는 상대방 입장에선 얼마든지 나올 법한 별명이라고 충분히 이해할 수 있다.

그러나 스님의 책에서도 법회에서도 드러나지 않는 감추어진 이면裏面에 대해 아는 사람은 과연 얼마나 될까. 또 스님이 흥얼거리거나 휘파람으로 부는 '하숙생'을 들어본 사람은 과연 몇이나 될까.

스님은 서양 명상음악의 거장 바흐의 리듬에서 영화 음악이나 오케스트라에 이르기까지 정통하셨다. 불일암에 계실 때 혼자 흥이 나시면 '이 산 저 산 꽃이 피니 분명코 봄이로구나. 봄은 찾아왔건만 세상사 쓸쓸하더라……' 남도 창 '사철가'를 구성지게 부르시기도 했다. 다르게 표현하면 음악 하나만 놓고 봐도 1965년 가수 최희준 씨가 부른 '하숙생'에서 베토벤 피아노 소나타 23번 '열정'에 이르기까지 동서고금을 알고자 하셨다.

산야에 오래 묻혀 사시다 보니 뻐꾸기부터 머슴새에 이르기까지, 철새인지 텃새인지 뿐만 아니라 집새, 산새, 물새의 습성까지 꿰고 계셨다. 식물 하나를 보시더라도 들꽃과 야생화를 포함, 한해살이 풀인지 다년생 나무인지, 열매와 잎과 뿌리의 약리작용까지 섭렵하시어 가히 조류학자나 식물학자 수준이셨다.

우리는 흔히 바느질 솜씨 좋은 옷을 천의무봉天衣無縫이라 한다. 더러 스님들이 팔꿈치, 엉덩이, 무릎 등 빨리 닳고 해어진 부분을 유사한 천으로 덧대어 꿰매 입으시는데 스님도 예외는 아니시다. 다만 그 바느질 솜씨가 어찌나 정교한지 보통의 시각으로론 흔적을 알 수 없을 만큼 완벽하시어, 그 어디에서도 궁상의 모습을 찾을 수 없었다.

팥이 들어 있는 아이스캔디를 좋아하시어 '아○○', '비○○'의 40년 고객이셨고, '빠삐용' 영화를 세 번씩 보시는 영화팬이시기도 했다. 또, 다른 선승들도 그러하셨지만 특히 어린아이들을 매우 좋아하시어 당신 만나고 떠날 때면 문밖까지 극진히 배웅하고 그들의 모습이 시야에서 사라질 때까지 서 계시곤 했다.

그러나 대부분 사람들은 쉽게 범접하기 어려운 승려의 표본으로로만 알고 있는 듯했다. 그런가 하면 같은 먹물옷을 입은 입에서는 '출가 사문이 잡스럽게 무슨?' 빈정거림으로 자신의 짧음을 노출한 삭발도 없지 않았다. 그러다 보니 자기 질서, 자기 관리가 너무도 철저한 그래서 바늘 하나 꽂을 데 없는 꼬장꼬장한 고집쟁이 영감쯤으로 오해받는 경우마저 생기곤 했다.

보통 사람의 모습으로 능청을 부리거나 조크를 하실 때 그 수준은 가히 달인의 경지셨다.

어느 날 밤, 어려운 이웃을 위로하는 '맑고 향기로운 음악회' 행사가 진행 중이었다. 이런 행사엔 언제나 법인 이사이며 재능기부 사회자인 아나운서 향적香寂 이계진(훗날 강원도 원주, 한나라당 2선 국회의원) 선배의 몫이었다. '맑고 향기롭게 장학증서'를 전달하는 차례가 되었다. 사회자가 부득이 법정 스님에게 무대에 올라와 학생들에게 따뜻한 격려를 해주십사 하고 부탁을 하게 된 것이다.

선발 기준이 학업 성적보다는 청소년 가장, 결손가족, 장애우 등 생활이 어려운 환경을 기준 삼아 선발했음을 스님 자신도 잘 알고 계셨기에, 그들을 위한 위로의 손길이 꼭 필요했던 상황이 었다.

그때 스님께서는 무대가 아닌 객석 맨 앞줄에 본부 임원들과 나란히 앉아 계셨다. 사회자가 스님을 호명하자 엄청난 기립박수와 환호 속에서 일어나실 수밖에 없었다. 스님은 무대에 오르기 위해 옷매무새를 고치면서 혼잣말로 구시렁거리셨는데 나란히 앉아 있던 법우들 사이에서 순식간에 폭소가 터져버렸다.

"에이 참! 늙은 중, 밤무대까지 뛰어야 하나."

못
해
먹
겠
다

       우리는 마음을, 세상을, 자연을 맑고 향
기롭게 하자는 세 가지 큰 무지개를 안고 출발했으나 날이 갈수
록 힘이 빠졌다. 각 지방은 그 지방대로 일의 추진 과정에서 크
고 작은 애로 사항들이 있기 마련이다. 또 어느 단체나 지방의
어려움은 중앙본부가 도와주거나 측면지원해주는 것이 우리 사
회의 관례인데 우리는 오히려 그 반대로 가고 있었다.

  특히 다른 봉사단체에서 일을 해본 경험자일수록 불만은 더욱
컸다. 그들은 심지어 스님을 향해 산속에서 몇십 년을 홀로 살다
보니 현장과 현실을 몰라도 너무 모른다는 직격탄을 날리기도
했다. 각 지역 일꾼들의 불만은 대부분 하나로 모아졌다. 원인은

145

스님에게 있었고 이유는 '하지 말라'에 있었다.

어려운 고비 때마다 해당 지역 매스컴에서 한두 번만 홍보를 도와줘도, 사회봉사단체들을 돕고 있는 각 지역 지자체의 협조를 조금씩만 받아도, 행사를 앞둔 경제적 어려움도 후원단체나 개인의 도움을 조금만 받아도 쉽게 해결할 수 있는 일 등, 스님의 눈치만 살피다가 그만 접어버린 경우가 한두 번이 아니었다.

"홍보나 광고하지 말라. 관官의 힘에 의지하지 말라. 부자단체에 구걸하지 말라."

"침묵 속에서 일하되 아상 드러내지 말라. 즉흥적, 일회성, 선심용, 칭찬성으로 일하려거든 차라리 그만두라."

무엇을 하라고 독려하는 것이 아니라 '하지 말라'는 말씀이 반복되다 보니 각 지부마다 어려움이 많았다. 특히 지역이 넓은 강원도 춘천 모임과 이제 막 출발하려는 전주 모임이 심하게 흔들렸다.

스님을 존경하기 때문에 그리고 불교에서 하는 모처럼의 사회운동이다 보니 도와주겠다고 나서는 관심과 호응들이 의외로 많았다. 우리가 찾아가 도움을 청하거나 손 벌린 것도 아니고, 언론이나 관청이나 기업들이 찾아와서 도와주겠다는 성의마저 거절하라 하시니 정말 '못 해 먹겠다'는 소리가 절로 나올 수밖에 없었다.

'스님의 무소유 철학이 이런 것인가? 사회 속에 살면서 사회의 관행을 거부하라? 단체를 만들지 말든지, 만들어놓고 손발을 묶는다? 지역단위 NGO 단체에 가입도 하지 말라? 우리가 NGO 단체가 아니면 그럼 이판승만 모여 참선하는 토굴선방인가?'

그래서 초창기 의욕을 가지고 참여했던 상당수 인연들이 스님의 내면과 계획을 미처 읽어내지 못해 불만과 갈등이 적지 않았다.

스님은 늘 이렇게 말씀하셨다.

"도움을 받지 말라는 얘기가 아니다. 처음부터 남의 도움으로 시작하면 나중엔 타성에 젖어 도움 없이는 움직이지 못한다. 우선은 힘들어도 홀로서기를 연습해야 한다. 우리가 하는 일의 목표는 부피가 아니라 내용이다. 어느 정도 자력이 생길 때까지는 어렵더라도 회원들 회비 중심으로만 이끌어라."

"마음이 일을 하면 극락이지만 의무가 일을 하면 지옥이 된다. 일을 머리로 하지 말고 가슴으로 하라. 우리는 '마음공부'가 우선이기에 일반 NGO 단체들과는 그 성격을 달리할 뿐 서로 연대하지 말라는 의미가 아니다. 아상 드러내고 자기 이름 키우려는 사람은 우리 모임의 취지와는 맞지 않다. 가난하고 외롭고 병든 자의 진정한 벗은 첫째도 둘째도 겸손과 하심뿐임을 절대 잊지 말라."

"여기 길상사가 가난하고 외로운 사람들의 쉼터가 아니라 시주나 받아먹고, 있는 자들이나 챙기는 부자절로 변해가고, 남에게 자랑하기 위한 온갖 행사로 번거로워지면 나는 발길을 끊겠다."

없는 시간 쪼개고 자기 돈 들여가며 스님의 무소유 대열에 동참하고자 초심의 열정으로 찾아왔다가 스님의 냉혹한 법매를 힘들어했던 초창기의 많은 회원들, 또 스님과 호흡을 끝내 맞추지 못하고 떠난 인사들 중에는 선업善業 지으려다 오히려 구업口業마저 짓고 간 인연들도 없지 않았다.

스님의 턱밑에서 몇십 년씩 호안호상에 단련된 인연들도 때로는 힘이 빠지는데, 초심자들이야 오죽했으랴! 안타깝게도 회원 정체에 허덕이던 춘천과 전주 모임이 초창기 1, 2년을 버티지 못하고 뜻을 거두었고, 청주 모임 역시 창립 단계에서 주저앉고 말았다.

얼음선사가 이끌었던 초창기의 맑고 향기롭게, 우리에겐 두 가지 선택밖에 없었다. 마음을 텅텅 비우고 뛰어들든지, 자신이 없으면 아예 뜻을 접든지.

스님은 그저 무소의 뿔처럼 서둘지 말고 뚜벅뚜벅 가자고 하시지만 글쎄, 쇠붙이도 불 속에 있을 때 두드리라는 말이 있는데, 지나치게 팽팽한 원칙과 정도正道만 고수하다가 혹여 실기하는 건 아닌지…… 함께 일했던 초창기 법우들, 그때는 참 갈등도 많이 했었다.

식
사
와

급
유

회의가 끝나면 이따금 길상사 근처에 있는 식당에서 식사를 할 때가 있다. 법인 이사들, 지역 본부장과 운영위원장들, 길상사 스님들, 중앙본부 직원들까지 움직이다 보면 그 숫자가 30명이 넘을 때도 있었다. 그런 경우 법정 스님 식탁만큼은 꼭 별도로 부탁하여 맨밥에 시래깃국이나 김치, 나물 등 풀후 반찬 외에는 어느 것도 못 올리게 했다.

상을 길게 붙여서 가족들이 서로 마주 보고 앉게 하시고 당신은 항상 별식이 차려진 상단 정면에 앉으셨다. 당신 자리에서 여러 개의 상을 지나 양쪽 끝자리에 앉은 젊은 사람들까지 다 보고 싶어 하셨고 가족들의 식사 모습을 흐뭇한 눈으로 지켜보곤

하셨다. 때론 재가자들끼리만 이것저것 먹기가 죄송스러워 빤히 알면서도 이따금 주안酒案을 권하는 법우들도 있었다.

"스님, 보약으로 아시고 이 곡차 한 잔만, 저 갈빗살 한 점만 드시면 안…… 될까요?"

"나는 전생에 곡차도, 생선도, 육고기도 물리도록 많이 먹어본 사람이요, 전생에 못 드신 여러분들이나 많이 드시오."

"시님, 그라믄 전생의 생선 맛하고 이생의 생선 맛이 우째 다른지 한 점만…… 안 되겠십니꺼?"

"일평생 지켜온 정절을 오늘 밤에 깨란 말이오? 그동안 지켜온 세월이 아까워서도 못 하겠소."

항상 웃으시며 늘 같은 대답을 하셨다. 그런데 오늘 밤은 스님 곁에 앉은 법우들만 들을 수 있는 조크를 혼잣말로 보태셨다.

"그래, 이렇게 가족들이 모여 정을 나누며 먹는 것이 식사고 공양이지, 연료 떨어진 자동차에 기름 넣는 것처럼…… 혼자 살며 혼자 먹는 건 급유야. 급유……."

당신은 수저를 드는 둥 마는 둥 그저 가족들 바라보시는 정겨

움에 빠져 계셨다. 분명 스님은 조크를 하신 건데 나는 그만 '급유'라는 쓸쓸한 말씀에 조용히 수저를 놓고 말았다.

영하 20도가 오르내리는 강원도의 깊은 산속에서 이 혹한에 도끼로 깬 얼음조각을 솥에 넣고, 장작불을 지펴 얻은 그 물로, 70 노인네가 혼자 밥을 짓는 모습이 선하게 잡혀 왔기 때문이다. 산 중턱, 서너 집 사는 산마을 한쪽 모퉁이에 15년 된 똥차를 세워놓고, 귀가 떨어져 나갈 이 엄동설한 한밤중에 혼자서 터벅터벅 산을 오르시는 전경이 그려지자 자꾸만 목이 메어왔다.

당신 글 속에선 타고난 재주로 자연을 예찬하지만, 당신 계신 그곳은 하루 걸러 눈보라가 친다는데, 이 식사가 끝나고 출발해봐야 얼음장 같은 텅 빈 방. 그곳을 새벽 2시쯤에 도착하여 아궁이에 군불 지피고 자리에 누우면 3시쯤 되시려나.

나는 돌아오는 심야 고속버스 안에서 스님의 모습이 자꾸만 따라붙어 눈앞이 흐려지곤 했다. 쇠심줄 같은 노인네, 징그러운 영감탱이……

무
언
의

압
력

　　　　　　　호남지방은 불교의 교세가 의외로 빈약
한 지역이다. 근세 한국 불교의 중흥조로 일컬어지는 전주 태생
의 경허 스님을 비롯하여 만공, 용성, 한영, 만암, 탄허, 구산, 전
강, 청화, 법전 그리고 법정 스님에 이르기까지 역대 고승대덕들
의 절반이 호남이다. 속가의 태胎자리는 유별스레 호남지방이 전
국의 절반이지만 이상하게 교세만은 유독 취약한 지역이다.

　호남은 일제강점기 때부터 들어온 개신교가 워낙 큰 세력을
이루고 있어 52대 23이다. 불교는 그 절반에도 미치지 못해 맑고
향기롭게 광주 전남 모임 또한 그 결성이 늦어지고 있었다. 그러
다 중앙 모임이 출발한 지 3년 만인 1997년 6월에야 그 결실을
보게 되었다.

일 년여의 준비기간을 끝내고 며칠 뒤 창립 초청 법회가 열려 법정 스님을 비롯, 전국의 관계 인사들이 광주에 오게 되었다. 그래서 행사 준비 관계로 10여 명의 운영위원들이 자주 모이게 되었다.

초대 본부장은 이 지방 건설업계를 이끌고 있는 상당한 재력가가 추대되었고 내가 운영위원장을 맡게 되었다. 우리는 행사 준비를 점검한 과정에서 행사 당일 인접에 대해 본부장은 늘 본인이 경험해온 기준에서 의견을 내놓았다.

"우선 검정색 그랜저급 이상의 세단 다섯 대와 무전기 휴대한 검정색 정장 차림의 경호원 및 운전기사는 우리 회사에서 차출하겠습니다. 공항 귀빈실에서 바로 호텔로 모시고 난 후, 이 지역 주요 인사들과 만찬을 끝내고 2시에 기자회견장으로 옮겨서……."

그가 생각한 영접 준비는 결코 맑고 향기롭지 않다고 생각되었던지 대부분 운영위원들은 꿀 먹은 벙어리가 되어 있었다. 부득이 내가 그동안의 경험을 바탕으로 귀띔해줄 수밖에 없었다.

"작년 봄 춘천 모임 결성 때 이런 일이 있었습니다. 행사를 잘 치르고 식당으로 옮겨서 저녁 공양이 끝날 무렵 스님이 어디론가 슬며시 사라져버리셨습니다……."

나는 그때 경험했던 일을 자세히 설명해주었다. 스님은 당신 자신의 토굴이 강원도에 있는 이유도 있겠지만 함께 자리했던 두 분 스님께 슬쩍 귀띔만 하시고 사라져버리신 것이다.

모두들 볼일 끝났으면 더 이상 민폐 끼치지 말고 어서 헤어지라는 '무언의 압력'으로 해석할 수밖에. 어쩔 수 없이 밤 9시가 넘어 전국으로 뿔뿔이 흩어진 전례가 있었다. 난 그 시간에 춘천에서 광주행 직행버스는 끊어진 상태라 서울로 다시 나가 심야 고속버스를 타야만 했다. 피곤하고 난감했으나 스님의 뜻을 안 이상 한밤중이라도 헤어질 수밖에 없었다.

그러나 정작 낭패를 본 것은 춘천지부 관계자들이었다. 호텔방 10개씩 예약해놓은 것부터 약주 좋아하는 관계자를 위한 2차 주석, 내일 아침 조반을 위한 식당 예약, 호반도시 드라이브를 위한 차량 준비 등 내일 오전까지 스케줄을 줄줄이 취소하는 대소동이 벌어졌다.

춘천 모임 관계자들은 이러한 정황을 설명하고, 이건 손님 대접이 아니라며 펄펄 뛰면서 우리에게 하룻밤 쉬어가기를 간곡히 권했다. 그러나 정작 주인공이 사라져버린 황당한 상황에서 껍데기들만 남아 민폐를 끼칠 수는 없었다.

번거로운 것, 폐 끼치는 것, 머리 무거운 것 딱 질색인 스님의 성품까지 자세히 설명해주었으나 신임 본부장은 쉽게 받아들이지 못했다.

"그래도 그렇지, 우리 어른을 우리가 소홀히 모시면 누가 귀하게 생각하겠습니까? 우리에겐 우리의 예법이 있는데 그래도 어느 정도 격은 갖춰야 할 게 아닙니까?"

동석한 운영위원 중에 누구 하나 본부장 말에 토를 단 사람이 없었다. 이번엔 결코 틀린 말은 아니지 않는가 하는 무언의 동조 분위기였다. 나는 다시 설득할 수밖에 없었다.

"속가 기준에서 본다면 본부장 말씀이 당연합니다만, 스님은 이곳에 대접받기 위해 오신 게 아닙니다……."

나는 본부장 계획대로 공항에서부터 검은 양복들이 무전기 들고 설쳐대면, 스님 성품으로 봐서 조용히 영업용 택시 타고 행사장으로 직행하실 분이라는 설명까지 해야만 했다. 결국 호텔방 예약, 공항 접대, 호텔 간담회, 기자회견 등을 모두 취소하고 본래 계획을 대폭 축소, 만약 일이 잘못되면 모든 책임은 운영위원장인 내가 지겠다고까지 말하자 겨우 납득하는 눈치들이었다.

'무소유와 나눔'을 평생 삶의 지표로 삼아온 스님이 힘들고 외롭고 가난한 사람들을 만나러 오시는데, 경호원이 붙은 호화판 영접을 했다가는 내가 살아남지 못할 것 같아 극구 막았던 것이다. 광주 전남 모임이 출발 때부터 호안호상의 할을 당할 수는 없었다.

공항에는 본부장과 나만 나가고 호텔은 그 근처에도 가지 않는 민망할 정도의 최소한 예우로, 그러나 예술회관이 미어터질 정도의 호응 속에서 행사는 여법하게 잘 끝났다. 그러나 본부장은 대접이 너무 소홀한 게 아닌가 하며 계속 아쉬워했다.

그런데 그 후 다른 지방 행사가 있을 때마다 스님께서는 광주 전남 모임 행사 때처럼 간소하게 하라는 지시를 반복해서 말씀하셨다. 광주 전남 본부장은 비로소 스님의 진심을 이해하고, 공부 많이 했다면서 내게도 고마워했다.

서
문
을 쓰
시
다

1999년 5월, 나는 부처님 오신 날을 전
후하여 두 번째 개인전을 열었다. 조계사 건너편 공평아트센터를
시작으로 서울, 부산, 광주 등 지방 순회전을 갖게 된 것이다.

무리한 경비를 투자해가며 순회전을 계획한 것은 '불교미술 현
대화, 불교디자인 개척화'라는 화두를 안고 그동안 고심해온 흔
적들과 독존獨存에 대한 검증된 에너지가 필요해서였다.

그때 스님께서 큰 힘을 보태주셨다. 몇 번을 망설이다 작품집
서문을 부탁드렸더니 '내가 살다 보니 미술에 대해 뭘 안다고 화
가 작품집에……. 그러나 우천에게는 마음의 빛이 있어 잔소리 한
마디 안 할 수 없구나' 하시며 이렇게 써주셨다.

"……불교미술은 시대에 뒤떨어진 구태의연한 복제품으로 알고 있는 것이 일반적 시각이다. 그런데 여기에 도전이라도 하듯 그는 달력, 그림, 일러스트, 포스터, 탱화, 벽화, 단청, 심지어 스티커 한 장에 이르기까지 불교회화 전반에 걸쳐 현대적 감각의 '디자인과 미술'이라는 새로운 분야를 이 땅에서 처음으로 외롭게 개척한 사람이다.

그의 작품 속에는 흔히 바람, 안개, 물방울, 대숲, 그림자 등이 나오고 다기와 죽비와 섬돌 위에 놓인 신발과 처마 끝의 풍경 등 밝고 고요한 산사 승방의 분위기가 짙게 배어 있다. 이와 같은 고요와 침묵의 세계는 곧 그 자신이 기대고 있는 청정한 정신공간이기도 할 것이다.

이 자리에서 밝히고 싶은 일이 하나 있다. '맑고 향기롭게 살아가기' 일에 처음 마음을 냈을 때 선뜻 떠오른 사람이 고현 교수였다. 그의 그림으로 로고를 만들고 싶어서였다. 지금의 연꽃 스티커는 까다로운 몇 차례의 눈길을 거쳐 이루어놓은 그의 솜씨다……."

나중에 안 일이지만 문학을 하는 주변의 선후배들이 몹시 부러워하며 스님과의 관계가 그 정도였던가, 다시 보는 시선들마저 있었다.

나는 그때 내 전람회의 제목을 '차안此岸과 피안彼岸'이라는 쉽지 않은 불교용어를 썼다. 그리고 그 제목을 풀어서 이렇게 정리했다. '차안의 세계도 피안의 세계도 모두 맑은 심안心眼으로 보면 둘이 아니고 하나로 통하는 불이문不二門이다. 마음의 눈으로 일체를 유심조一切唯心造 하면, 열반의 저 언덕이나 사바의 이쪽이나 모두가 하나다.'

20대 후반 어느 선지식으로부터 받은 '손바닥 발바닥 사건' 이후 그리고 불일암에서 스님에게 배운 거꾸로 보기를 통해 내 화로畵路와 화풍畵風은 결정되어버렸다. 목적미술이건, 순수미술이건 오로지 불교미술과 관계된 일이라면 금생의 업으로 알고 습을 굴려왔다.

소재素材의 미술이건 주제主題의 미술이건, 회화건 디자인이건 공예건 조형물이건 형식과 장르에는 관심도 의미도 두지 않았다. 다만 작가의 영혼과 비원悲願이 어느 쪽을 향하고 있었는가만 중요할 따름이었다.

일찍이 읽었던 《어린 왕자》는, 사막을 아름답게 보는 사람은 그 마음속에 이미 물을 간직하고 있기 때문이라고 했다. 이 말을 불교식으로 표현한다면 '모든 씨앗은 마음속에 있다'가 된다. '작가는 작품으로 말할 뿐이다'라고들 한다. 그렇다면 내 작품의 이미지는 내 마음일 것이고 내가 체험한 불교의 모습일 것이다.

화업세계에 난화골難畵骨이란 용어가 있다. 본시 출처는 《명심보감》의 화호화피 난화골畵虎畵皮 難畵骨, '호랑이를 그릴 때 가죽은 그릴 수 있어도 뼈까지 그리기는 어렵다'에서 유래된 용어다. 보는 대로 표현한 것과 아는 대로 표현한 것의 차이점을 뜻한다. 겉으로 보이는 대상이야 누구나 표현할 수 있지만 작품 속에 감추어진 실상實像이 표현되려면, 더구나 종교화 작업에 있어 그만큼 축적된 기도와 수행이 받쳐주지 않으면 어려운 일이다.

스님은 빨래판 충격 때문에 평생을 문자포교와 무소유의 삶을 살다 가셨다. 스님은 내가 화업의 세계에서 정착하지 못하고 부유浮游했던 젊은 시절, 나를 지켜봐주셨고 방향을 잡아주셨다. 그래서 나 또한 '시각포교와 맑고 향기롭게 머슴'으로 사는 삶을 목표로 했다. 어느 훗날 이 모두를 뛰어넘을 수 있는 화엄장 세계의 시절인연을 만날 수 있을 때까지, 그 화두를 안고 철저히 묻혀 볼 따름이다.

넉살과 배짱

불교의 도시 부산에서 두 번째 맑고 향기롭게 행사를 하던 날이다. 식당으로 초대되어 스님을 중심으로 행사 관계자들이 자리를 잡고 앉았다. 이때 아직 먹거리가 나오기도 전에 식당의 사장이라는 한 보살이 지필묵과 화선지를 들고 나타났다.

활짝 핀 얼굴로 스님께 큰절을 올리는가 했더니 다짜고짜 화선지를 펼치며 그림이나 글씨를 부탁했다. 이 집을 소개한 부산 본부장도 황당한 표정이었고, 우리 또한 '이 무슨 경우에 없는 짓이냐'고 말렸지만 소용이 없었다. 부산 박수관 본부장은 전국 본부장 중에서도 개인 시주를 가장 많이 하여 장학금, 노인복지,

급식 밥차, 공원정화 활동 등으로 해마다 연말결산 때 큰 박수를 받았던 '부산시민대상'의 수상자였다. 그 또한 주인의 돌발 행동에 당황스럽기는 마찬가지였다.

"보소. 김사장! 니 이카먼 내 입장이 뭐가 되겠노?"

"잘 압니다. 박회장님 저희 집 십 년 고객이라카는거. 오늘 지 실수로 저희 집, 발 끊는다캐도 후회 안 할랍니다. 용서하이소."

"거 참! 대단한 넉살이네."

"지가예, 시님 열렬한 팬입니다. 오늘 아이먼 시님께서 언제 또 오시겠십니꺼? 경우 아이라카는 거 지도 잘 압니다. 용서하이소."

"배짱이 내 배 째라는 수준이군!"

여기저기서 한 마디씩 꼬집어 뜯어도 꿈쩍도 하지 않았다.

스님께서도 쉽게 포기할 보살이 아님을 아셨는지 품속에서 늘 쓰시던 만년필을 꺼내셨다. 스님은 문짝만한 화선지의 저어 왼쪽 맨 끝자락에 시선이 멈추셨다. 거기다가 원고지 필체로 당신의 법명 '法頂', 두 글자만 깨알 같은 글씨로 빠르게 쓰셨다. 그리고 화선지를 둘둘 말아 주인에게 정중히 주면서 한마디 하셨다.

"보살님! 현재 내가 공양을 못해 배가 텅 비어 공_空합니다. 나머지 여백은 지금 텅 빈 내 마음이니 그냥 남겨두겠습니다. 됐소?"

주인은 무릎을 꿇고 두 손을 모으고 있다가 털썩 주저앉아버렸다. 자신이 들고 온 지필묵으로 부처 불佛 자나 크게 써주던지 하다못해 달마대사 고리눈이라도 툭툭 쳐줄까 기대했다가 화장지 없는 화장실에 무방비로 들어간 표정이었다.

박장대소가 터졌다. 그때 건너편에 앉아 있던 서울 본부장 윤청광 선배께서 한마디를 던져 사장을 줄행랑치게 만들어버렸다.

"사장님! 지금 뭐 하세요? 그마저도 스님께서 다시 회수해버리기 전에 빨리 자리를 피하세요!"

관
음
심

관
음
행

　　　　　　　　맑고 향기롭게 광주 전남 모임은 부산,
대구 영남지역 모임과는 비교할 수 없을 만큼 조촐한 살림이다.
그러나 가족은 빈약하지만 숨은 보살행을 실천하는 관음행觀音行
들이 많다 보니 진정한 나눔의 기쁨이 무엇인가를 뜨겁게 체험
하곤 한다.

　우리가 하는 몇 가지 일 중에 70세 이상의 지체부자유 독거노
인을 위해 매일같이 도시락 1백 개씩을 만든다. 자원활동자 20여
명이 일주일에 하루씩 평균 3, 4명씩 팀을 짜서 도시락을 만들고
있다. 그러나 이 자원활동을 나온 보살들 중에는 오히려 도움을
받아야 할 사람들이 적지 않다.

남편이 교통사고를 당해 장기간 일을 못한 관계로 병원 간병인 일을 나가면서도 일주일에 한 번씩 도와주는 보살, 도시락을 3년째 받고 있는 친정어머니 부탁을 받고 그 고마움 때문에 나와주는 세탁소 보살, 젊은 나이에 남편과 사별하고 두 딸을 어렵게 키우면서도 야무지게 살아가는 그런 보살님도 계신다.

그런가 하면 박사학위를 갖고 있는 교수 사모님도 계시고, 초등학교 교감으로 퇴직하신 전직 선생님도 나오신다. 어떤 분은 나오신 지 두 달, 또 어떤 분은 3년이 넘은 관음행도 있으며, 우리가 이 일을 계속하는 한 10년도 나오겠다고 다짐한 보살도 계신다.

또 전혀 다르게 도와주는 관음심觀音心들도 있다.

새벽 수산물 어판장에서 경매가 끝나고 나면 상처 난 고등어, 토막 난 갈치, 입이 벌어진 어패류 등 이미 상품 가치는 상실했지만 쓰일 곳이 있겠느냐고 문의해준 고마운 분이 있다. 또 전남 무안에서는 무 배추 농사를 도시 상인들에게 차떼기로 넘기고 나면 부실한 채소나 양파들이 그대로 밭에 남아 있는데 그런 것도 쓰일 곳이 있겠느냐는 전화도 온다.

전남 장성에서 정미업을 하는 어떤 처사님은 나락을 도정하고 나면 정곡은 종이부대에 자동으로 담겨 출하되지만, 깨진 싸라기나 부실한 알곡들은 별도로 정리되어 나오는데 그런 것도 도움이 되겠느냐고 문의했다.

이 밖에도 광주, 나주, 남원, 영암, 강진, 곡성 등 여러 사암寺庵에서 스님들로부터 연락이 오기도 한다. 신도들이 부처님 전에 올리는 정성스러운 공양미를 몇 달씩 모았다가 몇 년째 주기적으로 보내주시는 그런 스님들도 계신다.

비록 토막 난 생선이라도 조림이나 튀김을 하면 훌륭한 고단백 반찬이 된다. 부실한 채소는 끓는 물에 데친 후 된장과 기름에 무치면 맛깔난 나물이 되고, 깨지고 부실한 싸라기도 방앗간에 가지고 가 떡을 만들면 노인들 명절거리로 훌륭하게 쓰인다.

마음이 움직이면 손발이 따라오는 진리, 관음심에 관음행을 보태면 못 할 것이 없음을 새삼스럽게 체득한다. 그런데 이렇게 저렇게 도와준 분들에게는 공통점이 있었다.

첫째, 정품을 주지 못하고 부실한 것들만 주게 되어 도와주면서도 한결같이 미안해한다는 것. 둘째, 언론에 기사화시키거나 감사패라도 드리겠다 하면 약속이나 한 것처럼 '그럼 관계를 끊겠다'고 펄펄 뛴다는 점. 셋째, 스님께서는 늘 무소유를 말씀하시지만 도와준 분들이 하나같이 그들이 지닌 '소유'는 결코 짐이 될 것 같지 않은 서민의 삶을 살고 있다는 것이다.

한번은 전국 회원 연수 때 '현장체험 사례'로 이런 내용을 발표했더니 여기저기서 손수건을 꺼내 들거나 훌쩍거리는 회원들도 있었다. 지부마다 발표가 끝나자 법정 스님께서 이렇게 법문

하셨다.

"……아무리 가난해도 마음이 있는 한 나눌 것은 있습니다. 진실된 마음을 나눌 때 물질은 그림자처럼 따라오게 되어 있습니다. 바로 이와 같은 관음심 관음행들이 있기에 이 사회는 아직도 건강하게 유지되고 있는 것입니다.

진정 우리의 세상을 맑고 향기롭게 받쳐주고 있는 것은 머리 좋은 정치가나 돈 많은 재벌들보다도 바로 우리 이웃에 숨어서 '나누는 기쁨'을 실천하는 서민의 천사들인 것입니다……."

이 땅의 수많은 마이너리티들, 굶주린 자, 병든 자, 장애우, 새터민, 고독자, 이방인들이 더 이상 배격, 차별, 격리, 외면의 대상이 아니라 이 사회의 다양한 구성원으로 인정받을 때까지, 우리 사회가 그들을 품어주는 것이 정답으로 인식될 때까지, 그래서 우리 모임이 할 일이 없어져버릴 때까지, 마음을, 세상을, 자연을 맑고 향기롭게는 계속될 것이다.

노
보
살
의
사
자
후

이곳저곳에서 자주 거론되고 있지만 법
정 스님의 '언행일치 필행일치 덕행일치'는 당신 삶의 등뼈이자
그림자였다. 길상사 창건 법회 때 길상화 보살과 김수환 추기경
앞에서 맑고 향기로운 근본도량을 만들겠다 다짐한 약속 때문일
까? 아니면 길상화 보살의 순수한 무주상보시를 그녀의 공덕으
로 이어주어야 한다는 스스로의 다짐 때문일까? 아무튼 해를 거
듭할수록 당신 삶의 빛깔을 더욱 투명하게 드러내다 보니 특히
지근거리에 있는 법우들일수록 심히 힘들어했다.

한번은 맑고 향기롭게 본부 사무실 직원들이 기동성 보충을
위해 업무용으로 소형 중고차 세피아 한 대를 구입하고자 조심

스럽게 말씀드렸다. 그러나 돌아온 말씀은 "그 따위로 편하게 일하려거든 당장 그만두라!"는 얼음장이 떨어지는 바람에 하마터면 쫓겨날 뻔한 일이 있었다.

또 스님이 오시는 날을 기다렸다가 찾아오는 내방객들의 불편을 덜기 위해 허름한 방 한 칸을 스님 전용 공간으로 꾸미자고 제안드렸다. 그러나 '사치와 낭비, 시주의 무거움, 수행자의 자세' 등에 대해 삭발 제자들은 행자 시절에 받았던 정신교육을 다시 받아야만 했다.

한번은 이런 일도 있었다. 두 달에 한 번 정도 나오시는 스님을 위해 공양주 보살이 몇 가지 반찬을 추가했다. 그래봐야 기껏 풀반찬이겠지만 스님께서는 그마저도 용납하지 않으셨다. 시자가 민망해서 '요즘 어느 사찰에서나 이 정도는 해 먹고 산다'고 공양주를 거들었다가 혼이 빠져버렸다.

"안 돼! 세상 모든 절이 다 그렇게 해 먹고 살아도, 안 돼! 이곳 길상사만큼은 그렇게 살아선 안 돼!"

얼음장 같은 면박이 날아왔다. 이 상 저 상에서 함께 대중공양을 하던 방 안 공기가 갑자기 썰렁해졌다. 그때 조금 떨어져서 공양을 하시던 백발의 노보살 한 분이 사자후를 토해버렸다.

"으이그! 징그럽다 법정 스님! 으이그 징그러워!"

"네? 지금 뭐라 하셨습니까?"

"으이그! 해도 해도 너무 하시네! 우리 집에서는 이 반찬 두 배는 해 먹고 산다우! 으이그, 징그런 영감탱이! 어이그, 징그러!"

노보살이 큰 소리로 침묵을 깨는 바람에 공양을 하던 법우들이 밥알이 튀어나올 정도로 빠앙 웃음폭탄이 터져버렸다. 그 폭소에는 충분히 긍정적인 부분이 있다는 의미일 것이다. 졸지에 일격을 당한 법정 스님도 결국 그 웃음에 동참하고 말았다.

도대체 일 년 열두 달, 스님의 저 팽팽한 일상의 습을 어떻게 평생 동안 견지하고 사시는 건지……. 길상사에 오셔도 볼일이 끝나면 당일로 바람처럼 떠나셨다. 당신 사찰이나 다름없는 길상사였지만 끝내 열반하실 때까지 당신 소유의 방 한 칸이 없었고, 단 하룻밤도 주무신 일이 없었다.

길상화 보살이 죽어도 법정 스님에게만 드리겠다고 10년을 버티던 그 의미를 이따금 회상해본다. 그리고 지금은 떠나고 안 계신 두 분을 생각하며 나의 흐트러진 자세를 다시 추스르곤 한다.

　　　　　　　　오래전 충청도 어디쯤에 갈 곳 없는 부
랑아 10여 명을 데리고 종교단체에 붙어 있던 텃밭에 천막을 쳐
놓고, 신神의 일을 대신했던 거룩한 사람이 있었다. 10년, 20년
세월이 흐르면서 그의 선행이 전국적으로 알려지자 종교와 관계없
이 자기희생과 봉사에 감동한 수많은 사람들이 동참하게 되었다.
그리고 어느덧 국내 제일의 봉사단체로 자타가 인정하게 되었다.
　　호사다마였을까. 어느 날 충격적인 사건이 터졌다. 그 봉사단체
에서 일하던 천사표들이 줄줄이 검찰에 불려 나가게 된 것이다.
천사와 검찰? 마치 미녀와 야수처럼 어울리지 않는다고 생각했
던 국민들은 반신반의했었다. 그러나 모 TV 방송에서 장장 50

분 동안, 잔인하리만큼 그 내막을 소상히 까발려 전국적으로 방영된 후 국민들은 공황상태가 되어버렸다.

우리들은 매스컴에서 그 단체의 소식을 보거나 들을 때마다 비슷한 일을 하고 있는 입장에서 부러움의 대상이었다. 때로는 회의 때 그 단체가 하는 계획과 실행 과정을 우리와 비교해보고 '일은 저렇게 해야 한다'는 불만스런 목소리마저 없지 않았다.

2003년 8월 1일, 결국 몇 달 동안 내사가 진행되던 그 단체는 그동안의 공적을 인정하여 대표자가 불구속되는 결과로 사건은 종결되었다.

사건의 발단은 방문자가 많다 보니 내방객의 편리를 위해 오래 전에 고시된 도로계획선을 바꾸고자 여러 기관에 진정서를 넣거나 직접 뛰다 보니 해당 주민들과 마찰이 생긴 것이다. 그렇게 되면 형질변경 및 토지수용의 문제, 부동산 가격 등폭락, 도로 주변계획 백지화 등 현지 주민들의 생계가 바로 위협받는……. 주민들이 현수막 내걸고 머리띠 두르며 허공에 주먹질을 할 수밖에 없는 억울함이 짙게 배어 있었다.

저렇게까지 무리수를 두어 도로를 끌어들여야만 했을까? 결국 그 무리수는 거기서 끝나지 않았다. 그 단체 전부가 내사당하는 곤혹스러움으로 확대된 것이다. 그 과정에서 해당 단체의 한 관계자 인터뷰는 충격 그 자체였다.

"우리는 전국에 80만 명이나 되는 회원이 있습니다. 그 후원자 가족까지 염두에 둔다면 아마 수백만에 이를 거예요. 그러니 여·야 가릴 것 없이 대통령 출마자들까지 이곳 방문을 안 할 수 있겠어요? 또 대통령 후보가 움직이는데 국회의원 출마자나 이 지역 지자체 출마자들 정도야 당연히……."

아, 40여 년 전 그 숭고했던 초심은 어디로 간 것인가.

'재물과 권력과 명예를 탐하지 말라. 거기에는 아상과 교만이 따르게 되나니, 그 끝은 반드시 파멸을 부르게 된다'는 법구경의 가르침이 등골 서늘하게 파고들었다.

너 나 할 것 없이 우리 쪽 관계자들은 씁쓸하고 허탈해했다. 상대의 불행이 결코 나의 행복일 수는 없기 때문이다. 그런데 이 사건이 터진 후 우리 모임에서는 미묘한 변화가 감지되고 있었다.

"홍보나 광고하지 말라. 관청에 의지하지 말라. 부자 단체에 구걸하지 말라. 즉흥적, 선심성, 일회용으로 일하지 말라. 겸손과 하심이 아니면 차라리 하지 말라. 하지 말라. 하지 말라……."

이미 조호선사, 얼음선사 별명에 '말라 선사' 별명이 하나 더 붙을 만큼 매사를 감독하셨던 스님에 대한 이해의 폭이 갑자기 넓어진 것이다.

회원 수 80만 명과 1만 명, 예산집행 160억과 7억을 비교하면서 상대적 허탈감에 쪽팔려서 일 못하겠다던 불평도, 산에서만 살다 보니 현장과 현실의 어려움을 모른 채 이상론에만 치우쳐 있다는 비판도, 정부나 지자체와 타협도 하고 담판도 하면서 왜 탄력 있게 이끌지 못하는가에 대한 불만 등의 발언들이 어디론가 사라져 가고 있었다.

또 10주년 기념행사를 언론에 띄워 대대적으로 홍보하고, 정부 인사 초청 세미나, 가수 초청 음악회, 기업협찬 바자회, 모범사례 이벤트 등 화려한 행사를 끈질기게 주장하던 입들도 어디론가 가버렸다. 무엇보다 스님의 소극적 자세를 늘 아쉬워했던 '적극적 발언'들이 소멸되어가는 타산지석他山之石을 배우고 있었다.

결국 스님께서 기념행사 슬로건을 '돌아보는 10년, 자성하는 10년'으로 정하시고 길상사 경내에서 조용히 치르자는 의견에도 누구 하나 토를 달지 않았다. 저쪽의 이번 사건은 자기를 잃어버리고 저쪽 모습을 부러워 따라가던 '자기상실병'을 고치는 단초가 되었다.

지관 스님이 쓰신 《신행 365일》에 '우인제경불망심愚人除境不亡心 지자망심불제경智者亡心不除境'이란 말씀이 있다. 어리석은 사람은 자기 마음에 맞는 환경을 찾아 헤매고, 지혜로운 사람은 자기 마음을 주어진 환경에 맞춘다는 가르침이다.

유사한 일을 하면서 저쪽 봉사단체 아픔에는 동병상련이다. 미안하고 안된 일이지만 우리는 그들을 통해 우리들의 문제점을 치유하는 값진 교훈을 얻게 되었다. 일의 양과 부피에 집착 말라 하시던 스님의 호안호상을 말없이 따라가게 된 것이다.

2004년 3월 26일, 맑고 향기롭게 모임을 시작한 지 10년. 캐릭터 제작 때문에 반년 동안 스님을 독점, 독대했던 때가 어제 일 같은데 벌써 10년의 시간이 흘렀다.

추적추적 봄비가 내리던 날인데도 10주년 행사에 참여코자 서울 경기뿐 아니라 전국에서 올라온 차량들로 길상사는 인산인해를 이루었다. '돌아보는 10년, 자성하는 10년'의 행사는 스님 법회를 중심으로 여법하게 잘 끝났고, 점심 공양 후 대부분 불자들은 돌아간 뒤였다.

다만 몇 가지 토의 안건이 있어서 전국 운영위원 100여 명만 설법전으로 재소집되었다. 항상 어디서나 대중 법회나 행사 때

사회자는 KBS 이계진 선배의 재능기부로 이루어졌다. 한 시간쯤 지나 토의 안건도 큰 이견 없이 중지가 잘 모아졌고 회의가 끝나갈 무렵 진행을 맡은 사회자가 마무리 멘트를 했다.

"더 이상 이견이나 질문 없습니까? 그럼 오늘 문중 회의는 불일암 스님 한 말씀 듣는 것으로 끝내도록 하겠습니다."

힘찬 박수와 환호 속에서 마이크가 스님께 넘겨졌다. 모두들 스님의 '한 말씀'을 경청하려고 기침 소리 하나 없었다.

"……".

스님은 장내를 지긋이 둘러보신 후 소리 없이 씨익 웃으시더니, "그리고, 아무 말도 하지 않았다. 끝!"

딱 10초! 마이크를 다시 사회자에게 넘겨버렸다. 순간 법당 안은 문고리가 빠질 정도의 폭소와 함께 모두들 데굴데굴 굴러버렸다. 스님의 그 짧은 10초 법문 한마디에 왜들 그렇게 무너졌는지, 요즘 세대들은 잘 모를 것이다.

전국에서 올라온 운영위원들 대부분의 나이가 20대 전후였던 1960, 70년대 일이다. 당시 밀리언셀러가 된 전혜린 선생의 일기 형식 수필집 《그리고 아무 말도 하지 않았다》가 있었다. 그 당시 독일 유학을 다녀온 천재 여성이 젊은 나이에 자살로 생을 마감한 충격과 함께 학생들의 필독서로, 이 책 제목 또한 사회적 유행어가 되었던 시절이 있었다.

스님의 입장에선 '이미 오전 법회에서 할 말은 다 했는데 또 무슨 한 말씀이냐' 싶었을 것이다. 그래서 대부분 그 의미를 아는 세대들이라 그 책 제목으로 단 10초 만에 끝내버린 것이다.

가끔씩 경험한 일이지만 스님의 메가톤급 조크는 가히 달인의 경지였다. 스님과 동시대를 살면서 국민스승을 가까이 모셨던 필자는 참으로 행운아였다.

노을이
지다

　　　　　　　　우리 모임에서 매달 발행하는 소식지
〈맑고 향기롭게〉 2004년 12월 호에 '내 그림자에게'라는 제목이
붙은 스님의 글이 실렸다.

　"……할 수만 있다면 유서를 남기 듯한 그런 글을 쓰고 싶다.
옛글에 보면 이런 내용이 있다. '나이 칠십에도 어떤 직위에 있는
것을 통행금지 시간이 되었는데도 쉬지 않고 밤길을 다니는 것과
같아서 그 허물이 적지 않다.' 이 구절을 나는 요즘 깊이 음미하
고 있다. 요즘의 나를 두고 하는 말 같아서 참으로 고맙게 받아
들이고 있다.

우리나라 모든 조직에는 정년제가 행해지고 있는데 정치인과 스님들만 예외다. 정치인들은 자기네가 법을 만들 때 그렇게 만들어놓은 것이다. 그래서 노탐老貪에서 벗어날 줄 모르는 추한 정치인들이 더러 있다. 목사도 신부도 70이 정년이므로 때가 되면 현직에서 물러나 은퇴한다는 말을 들었다……."

그리고 문장 끝부분을 "내 남은 삶을 추하지 않고 아름답게 가꾸고 싶어 한 말이니 그대로 받아주기 바란다"라고 쓰셨는데 이 부분이 문제가 되어버렸다.

읽기에 따라서는 유언같이 느껴지기도 하겠지만 노욕을 경계하는 당신의 생각을 자신의 그림자에게 말한 독백 형식의 글이었다. 그러나 발단은 문장의 끝부분을 확대해석한 불교계 언론들이 한결같이 무거운 제목들을 올려버렸다.

'법정, 모든 직함에서 사퇴', '맑고 향기롭게 회주 법정, 돌연 사임', '법정 신변정리, 문제 있는가?', '길상사 법정, 전격 사퇴'…….

언론 쪽에서 마치 무슨 문제가 있다는 듯이 돌연 사임, 전격 사퇴, 신변정리, 일절 사직 등으로 머리기사를 뽑아 너무 앞서 나가버린 것이다. 아연 불교계가 긴장하고 시민들의 문의전화가 빗발쳤다. 강호의 입들이 어찌나 떠들어대던지 다시 한 번 법정의 위상을 짐작게 한 사건이었다.

며칠 후 맑고 향기롭게 연말 결산을 겸한 정기총회가 있었다.

그때 우리들은 비로소 사실 여부를 구체적으로 파악하게 되었다.

스님이 직함에 연연할 분도 아니고, 때가 되면 붙들어도 떠날 성품임을 우리는 너무도 잘 안다. 그러나 이 일로 회의에 동석한 핵심 인사들에겐 벌집을 건드린 꼴이 되어버렸다. 그때까지 '스님 이후의 대비'에 대해 전혀 무방비 상태였기 때문이다. 언론의 일침을 맞고서야 스님 이후에 대한 긴장을 처음 겪어본 모두는 죽비로 한 대씩 얻어맞은 부끄러운 꼴이 되고 말았다.

"그럼 내가 80, 90까지 계속 할 줄 알았습니까?"

"스님, 그래도 이렇게 칩거하시게 되면 언론에 보도된 것처럼 내부에 무슨 문제가 있어 그만둔다는 식의 오해를 인정해버리는 꼴이 되고 맙니다."

"내가 신문기사를 다 챙겨 보지는 못했지만, 내 건강에도 한계는 있어요."

"스님, 후임이나 계획에 대해 아무런 준비도 없이 갑자기 일을 접어버리면 우왕좌왕할 게 뻔한데 나름대로 준비할 시간을 주십시오."

"이미 지난 가을 순회 법회 때 이것이 마지막 법회가 될 것 같다고 귀띔하지 않았습니까?"

"아무리 그렇지만 저희들과 상의 한마디 없이 일방적으로……
그 생각을 거두어주십시오. 매우 당혹스럽습니다."

"사실 공개적으로 말할 바는 못 되지만…… 내 건강에 문제가 조금 있어요."

"……."

얼마 전부터 기관지염으로 고생하신다는 말은 얼핏 들었지만 당신 입으로 건강에 문제가 있다고 직접 듣고 나니 더 이상 착잡할 수가 없었다.

"스님, 이제 저희들이 알았습니다. 스님, 차기 이사장뿐만 아니라 돌아가신 이후까지 대비책을 지금부터 세우도록 하겠습니다. 그 준비가 완료될 때까지만이라도 선처해주십시오."

나는 이날 모임에서 스님께서 의도적으로 그런 글을 발표하셨음을 느낄 수 있었다. 그래서 후학들에게 충격 없이 서서히 마음 준비를 시킬 생각이셨다. 그런데 고맙게도 언론에서 도와주자 내친김에 속내를 털어놓고 밀어붙이고 있음을 감지하게 되었다. 회의 석상에서 당신의 건강 문제를 직접 거론한 것은 처음 있는 일이었다. 어지간한 일에는 늘 침묵이 대신했었다.

맑고 향기롭게 모임에도 겨울이 오고 있었다. 거대한 침묵의 그림자가 서서히 조여오고 있었다. 스님이 계시지 않는 맑고 향기롭게? 이날 회의 내내 우리들 가슴속에는 한겨울의 매서운 삭풍이 불어오기 시작했다.

한
방
에
날
리
다

       예전에 경험하지 못한 우울한 분위기였
다. 회의가 끝나갈 무렵 스님께서는 시자를 시켜 저녁 공양할 식
당을 예약하라 하셨다. 우리들은 이따금 갔던 낯익은 동네 식당
으로 옮겼다.

  스님께서도 여느 때와 달리 회의 분위기가 내내 무거웠음을 아
시고 애써 밝은 표정을 지으시며 하나하나 안부를 물으셨다. 그
러나 대부분 가족들은 스님께서 말한 '내 건강에 문제가 있다'는
화두에 빠져 예전처럼 밝지 못했다. 꾸역꾸역 먹고만 있을 뿐 누
구도 별말이 없었다.

  공양이 끝나고 밖으로 나와 각자의 차에 시동을 걸면서 한마

디씩 외쳤다. 차가 없거나 가지고 오지 않은 법우들을 동승시키
겠다는 오래된 우리들만의 우정이었다.

"서대문! 신촌!"

"마포! 충무로! 마포!"

"압구정! 강남 터미널!"

"우이동!"

그때였다. 스님도 시동을 걸어놓고 큰 소리로 외치셨다.

"영동고속, 강원도!"

주차장에서 갑자기 빠앙 웃음이 터져버렸다. 무거운 분위기를
한 방에 날려버린 스님의 조크였다.

"강원도 무료야! 없어?"

사벌등안

2005년 2월 길상사 행지실行持室, 신년도 정기총회가 있었다. 신년 세배를 드리고 가족끼리 인사가 끝나자 스님은 마치 '내가 없다고 생각하라'는 듯이 처음부터 한마디 말씀이 없으셨다. 그렇게 침묵 속에서 회의 진행을 지켜보시다가 마무리에 이르자 조용히 한 말씀으로 회의를 종결지으셨다.

"나는 그동안 말을 너무 많이 한 것 같습니다. 기회 있을 때마다 침묵의 미덕과 그 의미를 강조해온 사람이 침묵보다는 말로 살아온 것 같은 모순을 돌이켜봅니다.

앞으로 지방 순회 법회는 더 이상 기대하지 마십시오. 지상에 발표할 글도 더는 쓰지 않겠습니다. 다만 여러분의 뜻에 따라 길상사에서 짝수 달로 해오던 법회도 금년부터는 봄, 가을 두 차례만 하겠습니다. 그리고 매달 써오던 〈맑고 향기롭게〉 회보에 실은 글도 계절에 한 편으로 줄이겠습니다.

또 무엇보다, 그동안 써오던 '회주'라는 호칭도 더 이상 쓰지 말 것을 당부드립니다. 회주라는 자리도 내놓고 회원의 한 사람으로만 남겠습니다. 섭섭하게들 생각지 말고 나 이후에 대해서 마음 준비들 하시기 바랍니다……."

이미 두 달 전 언론보도로 한바탕 회오리를 경험했던 터라 이번 총회 때는 누구도 스님 말씀에 이견을 내놓지 못했다. 그동안 해오던 당신의 일을 절반 이하로 줄이고, 새로운 일도 더는 벌이지 않겠다는 의미로 다가왔다. 그렇게 서서히 마무리해가다가 앞으로 2, 3년 뒤에는 완전히 떠나겠다는 선언적 말씀으로 이해되었다.

그동안 지방에서 활동하던 본부장들은 지난 수년간 스님의 순회 법회를 목마르게 기대했었다. 그래서 스님께서도 마지못해 허락하시게 되었고 그 일정을 작년 9, 10월로 잡아주셨다.

광주를 시작으로 창원, 부산, 대구…… '법정 스님 초청 법회'는 가는 곳마다 대성황을 이루었다. 지역마다 장소가 넓건 좁건 복도와 계단까지 미어터지는 모습에서 맑고 향기롭게 활동을 함께한다는 자긍심은 더없는 기쁨이었다.

그러나 행사가 거듭될수록 스님의 힘들어하는 모습을 보고, 각 지역 임원들은 '이번 법회가 마지막이 되겠구나' 하는 안타까운 생각들을 하게 되었다. 본래 스님은 상황이 어려울 때 조크를 더 잘하셨다. "더는 안 되겠어. 법회만 봐주는 전속모델을 따로 구하던지 해야지" 하는 말씀을 흘리곤 하셨다.

지방에 있던 나는 나중에야 알았지만, 2년 전에 스님께서는 평생 처음으로 병원에 입원하신 일이 있었다고 만상좌 덕조 스님한테 귀띔을 받았다. 계속된 잔기침과 기관지염이 심해 삭발 제자들 등쌀에 거의 강제로 병원에 가셨다고 한다. 종합진찰 결과 상태는 의외로 심각했다.

당장 수술을 하고 장기치료를 받아야 된다고 병원 측이나 제자들이 성화를 해대자 '병마도 찾아온 손님이다. 잘 토닥거리며 살 테니 걱정하지 말라'고 끝까지 거절하셨다고 들었다.

문제는 '폐' 쪽에 있었다. 스님의 선친께서도 폐 질환으로 스님 유아기 시절인 네 살 때 돌아가신 가족력을 안고 계셨다. 우리는 그런 것도 모르고 한 번만 더 지방 순회 법회를 봐주십사 매달 렸으니, 삭발 제자들 볼 면목이 없게 되어버렸다. 단순히 '내 건 강에 문제가 있다' 정도가 아니라 상당히 심각함을 이제야 인지 하게 된 것이다.

70 중반의 연세가 적은 나이도 아닌데, 모셔줄 시자도 없이 강 원도 산중에서 홀로 기거한 채 도끼로 얼음을 깨며 살고 계셨다. 만에 하나 일이 터진다 해도 삭발, 유발을 불문하고 아무도 거처 를 모르고 연락할 방법도 없고…… 그렇게 걱정들만 하다가 오 늘 거인의 퇴장에 대한 예고편을 듣고 만 것이다.

매달려 있던 마른 잎 하나가 맑고 향기롭게와 인연을 접으려 한다. 세월이란 언제나 우리네 소망을 앞질러 가곤 했다. 인생은 전광석화電光石火, 목숨은 여로여전如露如電 그 진리 앞에서는 누구도 비켜갈 수 없는 것이 중생계의 일이다.

불가에 사벌등안捨筏登岸이라는 가르침이 있다. '언덕에 오르면 뗏목을 버린다' 즉 강을 건네준 뗏목이 아무리 고마워도 메고 가지 않는다는 뜻이다. 부처님의 가르침과 은혜가 아무리 깊고 감사해도 기본 바탕이 닦였으면 이젠 너 자신을 이루기 위해 무소의 뿔처럼 홀로 가라는 준엄한 가르침으로 배웠다.

그래서 불교는 자력의 종교다. 의지할 수 있는 신의 존재가 다 알아서 해주는 타력의 종교가 아니라 스스로의 완성을 향해 홀로 나아가는 마음의 종교다.

그동안 스님께서 뗏목이 되어 강을 건네주셨다. 이젠 우리 힘으로 홀로서기를 해야 한다. 스님께서 만들어주신 맑고 향기로운 그 텃밭에 무엇을 심고 가꾸며 어떤 농사를 지어야 할 것인가는 이제 점점 우리 몫으로 다가오고 있었다.

천
주
의

초
파
일

1991년, 인촌仁村 김성수 전 부통령 '탄
신 백 주년 행사' 때 전통 제례에 참석했던 김수환 추기경께 기자
가 물었다.

"가톨릭 수장되시는 분이 어떻게 음식이 차려진 제사상 앞에
서 목례도 아닌 무릎을 꿇고 우리식 큰절을 할 수 있느냐"고 물
었다. 추기경께서 답하셨다.

"왜요? 이상합니까? 이건 우리 문화잖아요. 문화와 종교를 혼
동해서는 안 되지요. 전통문화는 문화로서 존중되어야 합니다."

나는 그때의 신문기사를 읽고 추기경님의 열린 시각에 신선한
충격을 받았다.

법정 스님께서도 어떤 종교에 대해서나 열린 눈을 가지셨다. 춘천 교구장 장익(전 장면 총리 실제) 주교님과는 유럽의 가톨릭 성지를 함께 여행하실 정도로 오랜 교분이 있으셨다. 평소에도 프란치스코 성인의 삶에 대해 자주 거론하셨고 그뿐 아니라 사막의 교부들 일화, 랍비와 탈무드, 힌두교의 시, 크리슈나무르티가 쓴《마지막 일기》등의 책을 우리들에게 권하기도 하셨다.

1997년 12월 10일, 길상사가 개원하던 날, 당시의 일화는 워낙 언론의 주목을 받았기에 새삼 그 일을 거론코자 함이 아니다. 다만 그날 길상사 법당 안, 부처님 정면 가운뎃줄, 맨 앞자리에 추기경님과 법정 스님이 나란히 앉아 계셨던 '한 폭의 인물화'를 잊지 못할 뿐이다.

그 후 일 년 뒤 '명동 성당 축성 백 주년 기념미사' 자리에 이번에는 추기경께서 법정 스님을 초청하셨다. 불교 승려가 한국의 대표 성당 기념미사에 초대되어 천주의 제단 앞에서 법회를 주관한 것은 처음 있는 일이었다.

두 분의 교분은 이미 1970년대 군사독재와 함께 싸우실 때 법정 스님의《무소유》책을 읽으신 추기경께서 "이 책이 아무리 무소유를 말해도 이 책만큼은 소유하고 싶다"고 극찬하시기 훨씬 이전부터 늘 함께해오셨다.

2005년 5월 15일 부처님 오신 날.

맑고 향기롭게 가족들은 결코 잊을 수 없는 날로 기억될 것이다. 부처님 오신 날을 축하해주기 위해 추기경께서 또 길상사를 찾아주신 것이다. 이번에는 아예 신부님, 수녀님들까지 무려 40여 명의 사제단을 이끌고 마치 길상사를 접수(?)하러 오시는 듯한 착각이 들 정도로 대가족이 찾아준 것이다.

길상사 경내에 있던 수많은 불자들은 일제히 환호하며 기립박수를 보냈고 두 분은 또다시 뜨겁게 손을 잡으셨다.

이날 봉축 음악회 자리에는 개신교 가수 임형주 씨의 '아베 마리아'가 있었고 이해인 수녀님의 부처님 오신 날 봉축 시 낭독도 있었다. 원불교 박청수 교무님도 오셨고, 가수 김수철 씨가 부른 스스로의 삶을 되돌아보게 하는 회한의 노래 '황천길'도 있었다.

성북구 성북동은 특이한 동네다. 주한 외국 공관들도 많지만 '한국의 바티칸'이라 불리울 만큼 천주교 단체와 시설들이 유별 많은 동네다. 그곳에 길상사가 있다는 인연도 우연의 일치일까? 그래서 이날 길상사에 들어온 시주금 전액은 근처에 있는 천주교 사회복지 시설인 '성가정 입양원'에 쌀 뒤주만한 시주함이 통째로 다시 시주되는 뜨거운 우정도 있었다. 주고도 즐겁다. 그래서 '나누는 기쁨'인 것이다.

서로의 종교가 하나 되는 행사 내용도 감동이었지만, 두 분이 나란히 앉아 이따금 담소를 나누는 모습은 두고두고 잊지 못할 백미白眉의 작품이었다. 그러나 두 분 다 건강에 문제가 있어서일까, 저 두 분이 과연 언제까지 살아 계실 것인지…… 기쁨과 환희가 넘쳐야 할 자리에 도리어 가슴이 아리고 먹먹해졌다.

돌아가신 성철 종정께서 오래전 신년 법어에 '법당에 아멘 소리, 예배당에 염불 소리'의 발원을 지금 추기경과 스님께서 나란히 주관하고 계신 것이다.

불교식으로 말한다면 두 분은 '마음의 현상이 곧 우주의 현상'임을 일찍이 깨친 아라한들이다. 그런 능력과 서원으로 평생 중생계를 위해 슬픔, 독재, 폭력, 재난, 민심, 불의, 갈등, 분규들로부터 우리 사회를 토닥거리고 이끌어주셨던 희생의 등불이었다.

왜 우리는 평소에 이처럼 살 수 없는 것일까. 왜 우리는 타종교를 디딤돌이 아니라 걸림돌로 보려 하며, 서로가 경직되어 다름에 대한 배려를 못 하는 것일까. 왜 우리는 타종교를 친구가 아닌 박멸의 대상으로 보려 하며 '하느님은 사랑이다'와 '자비심이 곧 부처'라는 동의어를 이해하지 못하는 것일까.

필자만의 괴벽이겠지만 '베풀라'는 말보다 '바치라'는 말을 많이 하는 종교, 나와 다른 종교를 이웃으로 보지 않고 공격의 대상으로 규정하는 종교, 다른 산오름은 절대 인정하지 않고 정상에 오르는 길은 오직 하나뿐이라고 독선을 가르치는 종교가

아직도 존재한다는 말을 들을 때면 까닭 없는 비애감에 젖기도
한다.

2005년 '부처님 오신 날'은 '나무아미타불'과 '아베마리아'가
맑고 향기롭게 만나는 날이었다. 그 어느 해 부처님 오신 날보다
오늘의 이 감동을 보기 위해 나는 꼭두새벽부터 달려왔으며, 평
생 잊지 못할 화상이 되어 내 기억의 바다에 떠 있을 것이다.

세세년년, 이렇게 살자고 발원해본다. 나무 아멘南無, amen.

내
가
아
는
스
님

　　　　　　　나는 지금도 특별한 경우가 아니면 부
처님 오신 날은 절에 잘 가지 않는다. 초파일은 일 년에 한두 번
등불 켜러 가는 사람들을 위해 양보해야 한다는 생각과, 어떤 스
님이라도 이날만큼은 인벽人壁에 갇혀 시달리게 되어 있다는 자
의적 해석 때문이다.

　　2005년 부처님 오신 날, 역시 일부러 길상사까지 갔어도 수많
은 대중들에게 겹겹이 포위되신 법정 스님을 친견할 생각은 애당
초 없었다. 다만 이번 부처님 오신 날 행사 내용을 대강은 알고
있었기에 이런 특별한 경우 두 분의 모습을 눈 시리도록 담아오

고 싶어 상경했을 뿐. 바글거린 번거로움 싫어하는 것은 지금도 마찬가지다.

그런데 5월 8일 지장전 준공식, 5월 15일 부처님 오신 날, 5월 22일 하안거 결제일까지, 2005년 5월 한 달 동안 스님은 무려 세 번이나 법회를 주관하셨다. 길상사 개원 이래 처음 있는 일이었다.

불과 3개월 전에 법회도 봄, 가을 일 년에 두 번만 하시겠다고 선언하셨는데, 그만큼 스님의 건강이 좋아졌다는 의미인지, 무슨 까닭인지는 몰라도 내가 아는 스님은 결코 법회를 즐기실 분이 아닌데……. 아무튼 서울 경기 쪽 법우들은 5월 내내 호시절이었던 것 같다. 후일 서울의 한 친구가 하안거 결제 때 스님의 조크를 귀띔해줘 혼자 폭소를 터뜨린 일이 있었다.

"5월 들어 일요일마다 법회가 열리고 있습니다. 길상사 전속 배우인 저도 계속 출연을 하고 있습니다. 연속극도 아닌데 3회를 연속 출연하고 있습니다. 이게 뭐하자는 짓인지……."

구참과 신참

스님들을 친견하다 보면 자기 단속이 엄한 스님일수록 "속정俗情이 깊으면 도심道心이 멀어진다"는 구산 스님의 말씀을 의식해서인지 적당한 거리를 유지하려는 스님들이 계신다.

행정승이나 도심지 포교당 일선에 계시는 사판事判 스님들보다 특히 선방 수좌 생활만 몇십 철씩 거듭한 이판理判 쪽 스님들이 훨씬 더 무심하고 말씀이 적다.

법정 스님도 예외가 아니다. 초발심 시절엔 쌍계사, 해인사, 봉은사, 송광사 등 대중생활도 많이 하셨지만 불일암 이후 강원도 토굴에 이르기까지 수십 년, 독거를 더 많이 하셨다. 스님이 쓰신

《새들이 떠나간 숲은 적막하다》의 수상집 '겨우살이 이야기' 편
에 이런 내용이 나온다.

"내 오두막에는 유일한 말벗으로 나무로 깎아놓은 오리가 한
마리 있다. 전에 살던 분이 남겨놓은 것인데 목을 앞으로 길게
뽑고 있는 것이 그 오리의 특징이다. 누구를 기다리다 그처럼 목
이 길어졌을까. 방 안 탁자 위에서 창을 바라보고 있는 형상이
그야말로 학수고대鶴首苦待의 모습이다.

종일 가야 말 한마디 할 일이 없는 나는 가끔 이 오리를 보고
두런두런 말을 건다. 끼니를 챙기러 나갈 때나 아궁이에 군불을
지피려고 방을 나설 때 '나 공양하고 올게' '군불 지피고 오마' 하
고 알린다. 외출할 때는 '아무 데 다녀올 테니 집 잘 보거라' 하고,
돌아와서는 '나 다녀왔네. 잘 있었는가?' 하고 안부를 묻는다."

이 글에서도 알 수 있듯이 스님의 일상은 침묵여일沈默如一이다. 유일한 말벗이 나무로 깎은 오리라면 그런 생활이 수십 년이 넘었으니 이따금 속가에 내려오셔도 별로 말씀이 없다. 그러다 보니 처음 다가온 이들은 스님의 청량淸凉함에 다소 움츠렸을 것이다.

필요에 요구되는 말씀만 남기고 바람처럼 되돌아가시니 그 한기로 더욱 차가움을 느꼈을 것이다. 그러나 그 청량함을 스승 삼아 맑음을 배워온 수십 년씩 따르던 속가의 제자들은 구참일수록 이렇게 말한다.

"지금은 그래도 많이 부드러워진 걸세. 젊은 시절 군사독재와 싸우실 땐 정말 고드름이 뚝뚝 떨어졌는데 나이는 못 속이는 건지 그때와 비교해보면 지금은 솜사탕이지.

사실 그렇게 혹독하게 자기 관리를 하지 않았다면 지금의 당신이 존재하셨겠나. 많은 스님들이 함께 출발했어도 도중에 무너져 환속하거나 사라져버린 경우가 셋 중에 둘이지. 아이콘icon 스님일수록 얼음선사가 될 필요가 있어. 재물에 무너지고, 색욕과 권력에 무너지고, 자신의 업장에 꺾어지는 모습, 많이도 보아왔었지."

맑고 향기롭게 모임 이후에 들어온 신참들이 물으면 나 또한 비슷하게 말해준다.

"그 청량감을 뛰어넘어 안으로 파고들면 생각지도 못했던 스님의 물기와 만나게 됩니다. 그 한랭을 공부로 삼고 나면 의외의 능청과 조크를 다시 만나게 됩니다. 특히 책이나 법회를 통해 감동한 사람들이 스님과의 거리를 좁혀보고 싶어 찾아온 경우 그 찬바람을 견디지 못하고 돌아선 불자들이 적지 않습니다. 이런 모습 저런 경우가 다 인욕 공부인데 불자로서의 학습 자세는 아직 덜 익어 안타까운 때도 많았지요."

막연한 환상만 가지고 불교에 들어온 경우, 인욕과 참회의 고통엔 접근도 못해보고 계속 표피만 만지고 겉돌다가 기억에서 사라져 간 인연들도 많이 보았다.

스님께서는 구참이건 신참이건 늘 공부하라 당부하셨다.

"욕심貪心은 자신의 분수를 알고 지키려는 계율에 의해서, 성냄瞋心은 자신의 분노를 삭일 수 있는 선정에 의해서, 무지痴心는 자신의 마음을 조복 받을 수 있는 지혜에 의해서만 극복될 수 있다. 탐진치貪嗔痴 삼독과 계정혜戒定慧 삼학은 동의적 의미이니 같이 닦아야 한다."

이론상으론 알고 있어도 행行이 받쳐주지 못한 공부는 꽃만 보았지 열매는 얻지 못한 환상일 뿐임을 늘 강조하셨다.

그런가 하면 "상대가 알아듣지 못한 말은 소음에 불과하다"고 말씀하셨고 그래서 모든 것을 쉽게 풀어 법회나 글을 쓰셨다. 또 "진정한 깨달음은 지혜의 완성이자 자비의 실천으로 이어져야 한다"고도 하셨다. 그래서 스님은 그것을 여섯 글자로 풀어서 '맑고(자신을) 향기롭게(중생을)'로 압축하여 실천에 앞장서고 계셨다.

욕심 닦는 삶, 업장 닦는 삶, 지혜 닦는 삶, 그리고 부처님 전에 부끄럽지 않은 삶을 위해 내가 조금이라도 긍정적인 쪽으로 다듬어졌다면 그건 항상 '네 마음을 먼저 들여다보라'고 다그치신 스님의 은덕일 것이다.

근일에 스님의 건강에 대해 여쭈면 '하처래何處來 하처거何處去'라 하셨다. 인연 따라 왔다가 그 인연 다해 떠나는 것이 인생유전의 한 질서일 뿐이라고 담담하게 말씀하시곤 했다.

당신 정도의 수행력이라면 육신의 헌 옷 벗을 시기 정도는 훤히 내다보실 것이다. 어느 날 깃대가 부러지는 충격을 흡수하려면 아픔도 미리미리 나누어서 시나브로 준비해야 할 것 같다.

거
인
의

행
보

나는 맑고 향기롭게 광주 전남 모임의
본부장과 운영위원장 소임을 잠시 내려놓고 2006년 2월에 일본
구주산업대학 객원교수로 일 년 동안 나가 있게 되었다. 2007년
봄 귀국 이후 스님을 뵙지 못했는데 10월 정기법회를 끝으로 갑
자기 건강이 악화되어 수술을 받기 위해 미국으로 출국하셨다
는 말을 들었다.

그러다 보니 2년 가까이 스님을 뵙지 못한 것이다. 필자가 지방
에 살면서 늘 한 가지 아쉬움이 있다면 스님이 주관하신 길상사
법회에 자주 참여하지 못한다는 거리상의 한계였다. 그래서 서울
의 법우들을 통해 소식을 접할 때가 많았다. 스님께서 수술 후

요양하느라 미국 체류가 길어지자 서울 법우들이 걱정을 했다.

"3, 4년 전이라면 또 몰라도 지금껏 수술과 치료를 거부하시다가 이제 와서 수술을 받아봐야 이미 늦어 부질없는 짓임을 당신 자신이 더 잘 알고 계실 텐데. 또 수술 받으러 떠난 줄 알면 평생 삶과 죽음을 동일시했던 자기 철학의 자기부정 이미지나 세평 또한 모르시지 않을 텐데……. 수술 받자고 매달리는 삭발 제자들의 젖은 눈빛을 끝까지 외면할 수 없었던 스님의 인간적 모습을, 속 모른 사람들이 얼마나 이해할 수 있을지……."

나의 오랜 지인이었던 타종교의 한 친구도 아쉽다는 듯 이렇게 말하는 것을 듣고 조금은 놀랐다.

"80을 바라보는 노승이 살면 얼마나 더 사신다고. 평생 무소유의 언행을 존경해왔는데, 하나밖에 없는 목숨 앞에서는 그 양반도 별수 없었다는 얘긴가? 아무튼 '미국 수술'이라는 법정 스님답지 않은 행보는 아쉬움으로 남으이."

그래, 객관적 입장에선 그런 시각도 있을 수 있겠다 싶어 나는 거기에 대해 이해를 돕기 위해 몇 줄의 사족을 정리해본다.

스님과 개인적인 친분이 있는 사람은 내가 설명하지 않아도 스님은 결코 수술할 분이 아님을 잘 알 것이다. 젊어서부터 삶과 죽음을 하나로 본 '육신은 영혼의 껍질'이라는 말씀을 입에 달고 사셨다.

몇 년 전에도 검진 결과를 걱정하자 '병마도 찾아온 손님이니 내가 잘 알아서 토닥거리며 살겠다'고, 입원도 수술도 끝까지 거부하시어 주변에서도 어찌할 도리가 없었다. 또 스님은 미국 떠나기 바로 전에도 건강에 대해 걱정을 하면 이렇게 말씀하셨다.

"살 만큼 살다 보면 부품이 고장 나서 덜컹거릴 때가 있지요. 그게 자연스러운 거예요. 살 만큼 살다가 목숨이 다하면 누구나 몸을 바꾸게 됩니다. 그게 순리예요. 이쪽 정거장에서 저쪽 정거장으로 건너가는 것뿐이에요. 그냥 조용히 인연의 순리를 지켜보면서 평상심을 잃지 마세요."

또 돌아가시기 3일 전, 엄청난 육신의 고통 속에서도 신음소리 한 번 없이 간병인에게 웃어야 할지 울어야 할지 모를 조크를 던져 끝까지 상대의 걱정을 배려하는 여유를 보이셨다. 그리고 마지막 운명 직전까지 한 점 흐트러짐 없이 맑고 투명한 정신으로 제자들이나 국민들에게 정말 법정다운 임종게를 남기셨다.

평생을 그 무엇에도 걸림이 없이 살아왔던 그가 마지막 인생 4악장에 와서 무엇이 두렵고 무엇이 아쉬워 제자들이 하자는 대로 따라갔을까? 그래도 한 가닥 의문이 남는다면 나는 감히 이렇게 이해를 돕고 싶다.

스님은 미국에 동행하시기 이미 오래전에 모든 것을 비워버리셨다. 그는 그 어떤 비판도, 후평도, 명예도, 이름도 다 놓아버린 심지어 평생의 고유명사가 된 '무소유'조차 비워버린 망아忘我의 무아애無我愛 경지에 계시지 않았을까.

그런데 다만 한 가지, 세상에 남겨질 명예와 이미지를 걱정하는 유발 제자들보다, 다소 늦은 시절에 받아들인 일곱 삭발 제자들의 공부가 더 눈에 밟히셨을 것이다. 하루라도 더 살아 계시기를 소망하는 그들의 마지막 공부를 위해 때늦은 미국행을 결행한 것이 아니었을까 생각해본다.

도리道理와 사정師情에서 차마 벗어나지 못하는 그들에게 제행무상諸行無常의 실체를, 이론이 아닌 현장을 확인시켜주고 싶었던……. 그래서 자신의 육신을 실험용 마루타로 제공하여 수술을 하건 해부를 하건, 껍질의 한계를 깨우쳐주기 위한 마지막 탁마琢磨의 가르침이었다고 나는 조심스럽게 예측해본다.

미국으로 가건, 일본으로 끌고 가건, 수술 도중에 가건, 수술 후 얼마를 더 살건, 이미 초탈超脫해버린 육신 밖의 일로 받아들이셨을 것이다. 평소와 일관된 특히 돌아가시기 한 달 전, 보름 전, 나흘 전, 그가 보인 언행들을 채집해보면 그의 초연함이 그대로 묻어난다. 그래서 그가 법정인 것이다.

아마 종교가 다른 이들은 이해하기 어려울지 모른다. 그러나 불가에서는 지난 3천 년 동안 자신을 던진 '소신燒身공양' '육신肉身공양'이라는 마무리가 낯설지 않게 있어온 일들이다. 거인과 소인의 차이가, 존경과 무지의 차이가 바로 거기에 있다.

여등유의조문汝等有疑早問, '너희들 의심
이 있거나 물을 게 있으면 지금 물어라.' 흔히 고승대덕들이 임종
이 가까워지면 제자들에게 다그치는 말씀 중의 하나다.

촛불이 꺼지기 직전 더 밝은 빛을 발하듯 미국 수술을 다녀오
신 후 법안은 창백했으나 표정은 매우 밝으셨다. 그래서 잠시 법
회도 주관하시고 내방자도 접견하셨다. 그러나 거기까지였다. 결
국 삭발 제자들은 따뜻한 남쪽 지방 이곳저곳으로 스승을 모시
고 요양을 다녔으나 회복의 가망이 보이지 않자 마지막임을 예
상하고 삼성병원에 입원을 시켰다.

흔히 말기암 환자들이 겪는 육신의 고통은 상상을 초월한다고

들었다. 그러나 스님은 신음소리 한 번 없이 오히려 주변 지인들의 걱정을 배려한 조크를 끝까지 잊지 않으셨다.

의사들이 아침에 회진을 와서 스님께 물었다.

"스님, 좀 어떠신가요?"

"아프니까…… 여기…… 누워…… 있지요?"

의사들이 나가자 간병인이 스님께 가만히 여쭈었다.

"스님, 지금 왔다 간 사람이 누군지 아시겠어요?"

"염라…… 대왕."

돌아가시기 나흘 전, 서울 본부장 윤 선배께서 문병을 갔다.

"스님, 저를 알아보시겠습니까?"

"어서 와…… 바쁘실 텐데……."

"몸은 좀 어떠십니까?"

"그보다도…… 내 장례일자는…… 며칠로…… 잡혔다던가?"

"네에? 장례일자…… 요?"

죽어가는 사람이 자신의 장례일자를 상대방에게 묻다니? 죽는 것이 무슨 소풍 가는 날도 아니고, 스님의 조크에 웃어야 할지 울어야 할지…….

스님은 그렇게 가셨다.

촛
불
은

꺼
지
고

2010년 3월 11일 낮 1시 51분, 세수 79
세, 법랍 56세. 송광사 서울 분원, 맑고 향기롭게 근본도량 길상
사에서 열반하셨다는 속보 뉴스가 전국으로 타전되었다. 입적하
시기 직전 대중들에게 임종게를 말씀하셨다.

"모든 분들께 감사드립니다. 제가 저지른 허물은 생사를 넘어
참회하겠습니다. 만약 내 것이라고 하는 것이 남아 있다면 모두
맑고 향기로운 사회를 구현하는 활동에 사용해주십시오. 이제
시간과 공간을 버려야겠습니다."

'생사를 넘어 참회하겠다' '이제 시간과 공간을 버리겠다'는 말
씀은 그가 죽음 앞에서도 얼마나 투명한 의식의 초인超人이었는

가를 온 국민들에게 보여주었다. 그리고 제자들에게 다시 한 번 온 국민을 감동시킨 또 한 번의 무소유 철학 '하지 말라'는 4불가四不可를 열반송처럼 남기셨다.

1. 사람들에게 수고만 끼치는 거창한 장례식을 일절 행하지 말라.
2. 관도 만들지 말고, 수의도 입히지 말고, 입은 옷 그대로 다비하라.
3. 화장 후 사리도 찾지 말고, 탑이나 부도도 절대 세우지 말라.
4. 말빚을 남기고 싶지 않으니 모든 책은 더 이상 출간치 말라.

그리고 40여 년 전 봉은사 시절 《무소유》 속에 등장하는 당시 신문 배달했던 그 꼬마를 찾아, 당신이 보다 남긴 책들을 전해달라고 마지막 유언을 남기셨다. 혼자 스스로 한 다짐마저도 지키고자 하셨다.

국민의 스승이셨던 김수환 추기경께서 일 년 먼저 가셨고, 이번엔 법정 스님이 가셨다. 일 년을 사이에 두고 두 분 스승은 앞서거니 뒤서거니 그렇게 가셨다. 당신이 가시는 길에는 국민을 대표하여 이명박 대통령의 조문과 함께 일곱 제자들에 의해 길상사를 나섰다.

덕조德祖, 덕인德仁, 덕문德門, 덕현德賢, 덕운德耘, 덕진德眞, 덕일德日 칠형제는 은사의 유지를 그대로 행했다.

입고 계셨던 옷 그대로, 별도의 관도 없이 스님이 손수 만들어 쓰셨던 대나무 침상 위에 누우신 그대로 운구되었다. 종이 한 장, 천 조각 하나, 나무토막 하나도 함부로 쓰지 않았던 무소유의 마지막 모습이었다.

엉뚱한 효도

광주에서 생활하고 있는 나는 내 화실에서 자그마한 스님의 영정을 모시고 향을 사르며 처음으로 삼배를 올렸다.

오랜 세월을 스님으로부터 삶과 죽음에 대한 예방주사를 많이 맞아서일까. 그저 금생의 정거장에서 내생의 정거장으로 옮겨가셨을 뿐이라고, 애써 담담한 심정으로 염주알을 헤아리고 있었다. 다만 '필요하면 내가 찾겠다'는 말씀에 너무 오래 면역이 되어, 스님의 마지막 투병 과정을 함께하지 못했다는 죄스러움과 자책만이, 피어오른 향의 연기 속으로 무화無花하고 있었다.

스님과 함께했던 인연의 인과를 사념하고 있을 때 갑자기 전화벨이 울렸다. 평소 아끼던 후배 불교방송국 박 PD였다. 인사도 하는 둥 마는 둥 덮어놓고 조르기 시작했다.

"급하게 서울에 좀 올라오셔야겠습니다."

"무슨 소리야? 스님 운구가 도착하기 전에 송광사에 들어가야 하는데 서울이라니?"

"예, 바로 법정 스님 때문입니다. 내일 낮 11시, 김혜옥 씨가 진행하는 프로 '아름다운 초대'에 대담자로 출연해주셨으면 합니다."

"무슨 뜽딴지 같은 소리야? 서울에 있는 지인들 다 놔두고 하필 지방에 있는 나를 차출하는 이유가 뭐야?"

"법정 스님과 인연이 깊은 몇 분들하고 다 통화를 해봤는데 지금 운구 따라 모두 송광사로 내려가고 계시는 중이랍니다."

"나도 안 돼! 송광사 들어가야 해! 근래에 자주 뵙지도 못했는데 마지막 가시는 길이라도 함께해야 한단 말일세!"

나는 일방적으로 전화를 끊어버렸다. 그렇지 않아도 이런저런 사념 때문에 평상심이 흔들리려 하는데. 하지만 곧 다시 전화벨이 울렸다.

"죄송합니다. 꼭 좀 도와주셔야겠습니다!"

"허어, 이 사람아! 임자가 내 입장이라면 오케이 하겠어?"

"잘 압니다. 충분히 이해합니다. 하지만…… 잘 알다시피 저희는 최소한 한 달 전부터 스케줄을 짜고 모실 분들을 미리 섭외하는데 이번처럼 갑자기 일이 터지면, 비상 걸리는 거 잘 아시지 않습니까?"

"아니, 내일은 본래 계획대로 진행하고 다음 주 프로만 조정해서 서울에 계시는 분을 모시면 될 게 아닌가?"

"잘 알면서 왜 이러십니까? 방송은 타임이 생명입니다. 스님 다비 중에 방송이 나가야 살아 있는 내용이 전달됩니다. 다비식도 삼우제도 다 끝나버린 다음 주 뒷북이 무슨 의미가 있겠습니까?"

"허어, 그래도 안 돼! 서울에서 더 찾아봐!"

"교수님, 다비식 전송객들은 전국에서 수만 명이 운집할 것입니다. 그러나 그곳에 가지 못하는 대다수 국민들에게 누군가는 법정 스님에 대해 한 말씀은 있어야 하지 않겠습니까? 유발 상좌 대표로 조사弔辭하는 셈 치고 효도 한번 하시지요."

"글쎄 무슨 뜻인지 알겠네, 그리고 스케줄을 변경해가면서까지 스님을 배려해준 방송국에 고맙고 감사하게 생각하네. 그런데 서울엔 봉은사 시절부터 모셨던 선배들이 계신데 왜 하필이면 나냐구! 미안하이, 나 무슨 일 있어도 송광사 들어가야 해. 미안해."

"아따, 교수님, 학장님, 본부장님, 선배님! 성님! 한 번만, 이번 한 번만, 도와주랑께라우. 진짜 이번 한 번만……."

상황이 이쯤 되다 보니 더 이상 거절할 수가 없었다. 병중인 스님을 자주 찾아뵙지 못한 벌을 이렇게 받는구나 싶었다. 전국의 문상객들이 전라도로 향하고 있을 때 나는 뚱딴지같이 서울로 차출되고 말았다.

　　11시 방송에 시간을 맞추려면, 새벽같
이 움직여야 한다. 6시 전에 버스에 올라야 하고 50분 방송을 위
해 택시나 버스를 10시간 이상 타야 하며 내일 다비식에 참석하
려면 되짚어 당일치기로 내려와야 한다. 그런데 여느 때와 달리
출발도 하기 전에 힘부터 빠지고 기분이 자꾸만 가라앉는다.

　질문에 대한 답은 제대로 했는지, 혹여 엉뚱한 소리로 실수나
하지 않았는지, 오히려 스님 함자에 누累나 끼치지 않았는
지……. 상경할 때나 하향할 때나 내가 스님에게 붙들려 있는 건
지, 내가 스님을 붙잡고 있는 건지 도무지 평상심이 되질 않는다.

삶과 죽음에 대해 스님으로부터 그토록 단련을 받아왔으면서도 이게 무슨 얼빠진 짓인지 스스로 자문해본다.

오늘은 어제의 결과이고 내일 또한 오늘의 결과이다.

이것이 세월이라는 강을 끼고 흐르다 보면 거기에 전생이 생기고, 금생도 다음 내생도 형성된다. 그 사이 금생에서, 업을 통한 인연의 결과로 같은 시대에 스님과 내가 사제지간으로 엮인 것이다. 그리고 이생에 왔던 순서대로 스님이 먼저 이번 생의 업을 풀고 내생에 들었을 뿐이다. 담담하게 받아들여야 한다.

불자라면 누구나 죽는 것이 끝이 아니며 또 다른 삶의 시작임을 잘 알면서 살아왔고 스님 또한 늘 그것을 깨우쳐주셨다.

'우리가 죽음을 두려워하는 것은 삶을 소유물로 여기고 생에 집착하기 때문이다. 생에 대한 집착과 소유의 개념에서 벗어나야만 우주의 질서를 알게 되고 그 흐름을 만나게 된다. 죽음이란 새롭게 시작하기 위해 묵은 허물을 벗는 것'이라 늘 스님께 배우지 않았던가.

해 질 녘 하향한 후 몸도 마음도 물먹은 솜이 되어 스님의 영정 앞에 다시 앉았다. 향을 사르고 백초를 켰다. 좌복 위에 우두커니 앉아 지장경을 펼쳤으나 글자는 들어오지 않고 경전 따로 생각 따로였다. 스님은 시작은 있어도 끝이 없는 것이 수행자의 길이라 하셨다. 나는 그를 통해 지난 세월 무엇을 배우고 무엇을 이루었던가.

나는 과연 구체적인 제자로 자리매김했던가, 아니면 겉돌기만 했던 추상적인 나그네에 불과했던가.

나는 당신에게 동화同化되어버린 그림자였던가, 아니면 반듯하게 나의 빛깔로 조화造化를 이룬 제자였던가.

나는 맑고 향기롭게에 이름만 올린 허상이었던가, 아니면 진실된 나눔을 실천하고 있는 유발 수행자인가.

나는 당신의 복사품이나 모방자인가, 아니면 나만의 대웅봉大雄峰을 향해 똑바로 가고 있는 참된 제자인가.

밤이 이슥하도록 스스로에게 묻고 또 물으면서 나만의 영정을 조용히 지키고 있었다.

다음 날 아침, 맑고 향기롭게 광주 전남 모임 임원 몇 사람과 서둘러서 송광사 다비장으로 향했다. 대원사 입구까지는 주행할 만했으나 주암댐 근처에서부터는 가다 서다가 반복되었다.

각오는 하고 출발했지만 교통경찰들도 포기해버렸는지 갓길 차도로 불법주차를 유도하고 있었다. 수백, 수천 대의 차량들이 꼬리를 물고 주차되어 있었다. 우리도 차를 버리고 걸을 수밖에 없었다.

다비장에 도착했을 때 다비는 이미 끝나가고 있었다. 평소 한 시간 전후의 거리를 두 시간이 넘어 도착하고 보니 스님의 흔적은 어디에도 없었다. 다비장은 바늘 하나 꽂을 데 없는 인산인해, '미안합니다' '죄송합니다'를 반복하면서 앞으로 앞으로 밀고 들어갔다. 한 발자국이라도 더 가까이 가서 스님의 육신과 마지막 이별을 위해…….

이따금 눈물을 훔치는 보살들, 한숨을 쉬며 허무를 삼키는 처사들, 사부대중은 무거운 침묵 속에 빠져 있었다. 사그라지는 숯덩이 위로 잿빛 연기만 조계산을 덮고 있었다.

다비가 끝났다. 거창한 영결식도 없고, 그 흔한 만장 하나도 없고, 연꽃 상여도 없이 스승은 입고 있던 그대로, 그렇게 떠났다. 손상좌가 스님의 영정을 모시고 가장 앞장을 섰고 맏상좌 덕조

스님이 위패를 모셨으며 그 뒤를 유골을 나누어 든 여섯 제자가 따르고 방장 스님, 주지 스님, 3직 스님들이 뒤를 이었다. 그리고 강사 스님이나 선방 수좌들, 강원 학인 스님들은 전국에서 조문 오신 비구, 비구니 스님들과 뒤섞여 대열을 이루고 있었다. 고맙고 감사하게도 검은 제복의 신부님, 수녀님들도 간간이 섞인 채 함께하고 있었다. 그 뒤로 끝이 보이지 않는 수많은 대중들이 스님의 유골을 따랐다. 스님이 평생 존경했던 고불 조주趙州 스님의 말씀처럼 필자를 포함해 '수많은 죽은 사람이, 한사람의 산 사람을 따라가는' 하산이 줄을 잇고 있었다.

전생에 누구로 걸었을 이 길을 또 다음 생에는 누구의 이름으로 이 길을 걸을까. 스님은 수많은 조객들에게 제행무상의 실체를 증명하면서, 법정은 이제 과거완료형으로 그렇게 접혀져 가고 있었다.

'스님! 그럼 편히 다녀오십시오.'

하늘을 건너는 맑은 바람 사이로 3월의 초봄이 내리고 있었다.

무
소
의

뿔
처
럼

집안의 내력

법정 스님 떠나신 지도 해가 바뀌었다. 어느 날 현장 스님과 차담을 나누게 되었다. 현장 스님 또한 속가 집안의 내력인지 법정 스님 못지않은 조커joker였다.

"스님, 지금쯤 법정 스님 새 몸 받아 어느 댁으론가 오셨겠지요?"

"그렇겠지요. 살아생전 한국 사회에 쌓은 공덕으로 봐서도 아마 상당한 집안의 귀한 손으로 오셨을 겁니다."

"다시 불교와 인연을 맺고 싶어 할까요?"

"당신이 평소 새 육신 받아오면 다시 출가하여 중노릇 한 번더 하고 싶다 하셨어요."

"우리가 새 몸 받아오신 은사 스님을 찾을 수 있을까요?"

"같이 한번 찾아봅시다."

우리의 웃음 속에는 스님에 대한 애틋함이 묻어 있었다. 혹자들은 이 무슨 귀신 씻나락 까는 소린가 할 것이다. 굳이 티베트 라마 환생까지 가지 않더라도 절 집안에서는 여담으로 나눌 수 있는 대화다.

"스님, 며칠 전 맑고 향기롭게 회의 때 새로 위촉되신 감사분을 뵈었는데 법정 스님 대학 동기라고 하시더군요. 그런데 80이 넘은 이 어른이 단아한 외모도 그렇지만 손수 운전까지 하시는 모습을 보고 은사 스님 생각이 많이 나더군요. 79세면 너무 아쉬운 거 아닙니까?"

"아쉽지요. 10년은 더 아쉽지요. 하지만 법정 스님께 왜 그리 서둘러 가셨느냐 물으면 '부처님도 80에 가셨다. 내가 그보다 더 오래 살면 안 되겠다 싶어 한 살 줄여서 간다' 하셨을 거예요."

"보림사 지묵 스님 말씀으론 법정 스님 연세가 두세 살 더 많다 하시던데 사실이에요?"

"법정 스님 호적과 본 나이가 궁합이 안 맞는 건 사실이에요. 공식적으론 79세에 가셨지만 쉿! 사실은…… 아이구! 내가 지금 무슨 소리 하고 있지? 하마터면 우천 선생 앞에서 천기누설할 뻔했네. 그냥, 그냥 그렇게 알아두셔."

일제강점기부터 6.25 전후까지 이 땅의 호적문화는 '묻지 마라 갑자생甲子生'이란 비극이 말해주듯 절반 이상이 엉터리였음은 누구나 다 아는 사실이다.

"스님, 법정 스님 유언에 따라 책을 찍어낸 출판사들과 모조리 '절판'시키기로 서약해버렸으니, 다음 세대들이 스님의 존재나 기억할지 앞으로가 걱정입니다."

"시절인연 만나면 누가 또 알겠습니까? 절에서 찍어야 '절판'이지."

"네에? 절에서 찍어야 절판?"

우리는 또 한바탕 폭소했다. 떠난 사람을 추억할 때는 괴로울 때나 힘들 때나 아플 때에도 가급적 기억의 저편에서는 아름답게 회상되어야 한다. 내 곁에 없다는 것만 떠올려 허무, 비관, 회한 쪽으로만 반복하다 보면 우울과 슬픔의 씨앗만이 싹을 틔우게 된다. 추억이 아프면 사는 것도 힘들어지기 때문이다.

혹
독
한
시
련

맑고 향기롭게 광주 전남 모임을 시작
한 이래 가장 큰 시련이 닥쳐왔다. 건설업을 이끌던 광주 전남 모
임 초대 본부장 이후, 필자가 2대 본부장, 금융계 출신의 3대 본
부장을 거쳐 4대 본부장이 취임한 것을 보고 일본으로 떠났었
다. 광주 전남 모임은 봉사단체일망정 본부장 임기를 승려들 보
직처럼 4년을 기준으로, 희망과 추천에 따라 단 1회만 연임, 즉 8
년 이상 할 수 없도록 내규가 정해져 있었다.

2007년 2월, 객원교수를 끝내고 귀국해보니 광주 전남 본부
는 심하게 흔들리고 있었다. 회사의 합병과 부도, 개인적 성향과
무관심, 사업의 성장과 실패 등으로 본부장들이 부침을 거듭했

기 때문이다. 집행부가 흔들리면 조직 관리나 회원 확보도 당연히 영향을 받게 된다.

한때 20명이 넘었던 운영위원은 5년 사이에 4명만 남아 있었고, 4백여 명이었던 후원가족도 150명 선까지 떨어지는 심각한 상황에 내몰리고 있었다. 내가 귀국한 후 새로 선출한 제5대 본부장마저 사업상 송사와 재판에 휘말려 도중하차하고 말았다.

이렇게 되면 광주 전남 모임을 폐쇄하든지, 누군가 나서서 팔을 걷어붙이고 새롭게 출발하든지 해야 했다. 호남지방에 맑고 향기롭게를 최초로 파종했던 필자로서는 부득이 재건再建을 명분으로 2010년 11월 제6대 본부장을 다시 맡을 수밖에 없었다.

부잣집 살림이야 신바람 나서도 할 수 있지만 문제는 가난한 집 살림이다. 또 봉사단체 리더란 자신의 생업과 봉사활동을 5:5 즉 반반쯤 생각하고 뛰어드는, 자기희생을 각오하지 않으면 이끌어가기 어렵다는 것을 이미 체험을 통해 알고 있었다.

그나마 고맙고 다행한 것은 지난 14년 동안 가난한 안방 살림을 말없이 이끌고 온 운영위원장과 총무, 그리고 자원활동자 10여 명이 아직 도망가지 않고 남아 있다는 것이었다.

실패는 하나의 자극이다. 어떤 종교도 신념과 신앙이 결합되면 진인사盡人事 할 수 있다는 것이 평소 나의 소신이었다. 그렇게 마음을 다지고 있을 때 또다시 엉뚱한 쓰나미가 밀려오고 있었다.

내가 취임한 지 두 달 만인 2011년 초, 신년에 접어들자마자 맑고 향기롭게 종갓집인 법인의 이사회가 혹심한 내분에 휘말리고 있었다. 구체적 내용들은 당시 언론에 계속 기사화되었기에 여기서 다시 재론하고 싶지는 않다.

제2대 '맑고 향기롭게' 이사장은 이사들의 선출에 의해, 그리고 길상사 주지는 당연직 이사를 맡기로 법정 스님의 유지에 따라 승계되었다. 그러나 그 직에 선출된 스님이 이러저러한 사연으로 어느 날 갑자기 모든 것을 내려놓고 사라져버렸다. 기대를 모았던 스님이었는데 스승께 배운 대로 '버리고 떠나기'를 시도해버려 한동안 행방조차 알 수가 없었다.

한참을 기차 화통이 없는 채 설왕설래하다가 겨우 새 이사장이 선출되었나 했더니 이 역시 몇 달 만에 이러저러한 사연으로 또다시 내던지고 떠나버렸다. 절 보기 싫으면 중이 떠난다는 불가의 속설 때문인지, 법정 스님의 버리고 떠나기를 너무 깊이 배워버린 탓인지, 광주 전남 모임의 확대판이 계속되고 있었다.

제3대 이사장 덕운 스님이 취임하여 수습될 때까지 2년여의 시간 동안 세 사람이 이사장 자리를 거쳐 갔으니, 법인의 도움은 커녕 힘 빠지는 의욕상실만 계속 키워주고 있었다.

2012년 연초가 되자 설상가상으로 우리 광주 전남 모임이 세 들어 있던 건물의 주인이 바뀌어버렸다. 이번에는 2월 말까지 방을 빼라는 새 주인의 일방적인 통고를 받게 된 것이다. 그동안 사용했던 사무실은 한 스님의 배려로 임대료 없이 일해왔기에 꼼짝없이 쫓겨날 상황이었다.

암담했다. 운영위원, 후원가족, 자원활동자들은 반의반으로 줄어버린 상태에서 활동의 근거지가 된 사무실마저 폐쇄당하는 절대위기를 맞게 된 것이다.

우리는 어쩔 수 없이 법인 이사로 추대된 운영위원장을 서울로 보내, 새로 구성된 이사진들에게 광주의 실정을 호소할 수밖에 없었다. 천만다행으로 새 이사장 스님과 제2기 법인 이사들의 이해와 배려가 있었다. 법인 명의로 다른 건물의 세를 얻어 길바닥에 나앉기 직전에 겨우 숨을 돌리게 된 것이다.

지난 2년간, 스스로에게 묻고 또 물었다.

'왜 하필 내가 이런 고통을 받아야 하는가, 내가 지금 겪고 있

는 이 곤혹스러움은 의무인가 선택인가, 무엇을 위해, 누구를 위해, 왜 이런 마음고생을 해야 하지?'

스님의 가르침대로 가슴으로 일하지 않고 의무감으로 일했다면 어찌 됐을까? 하마터면 잃어버릴 뻔했던 초심을 다시 붙들어 세웠다. 고통도, 기쁨도, 아픔도, 영광도 모든 일에는 다 끝이 있다. 모든 일은 다 지나간다. 지금 내가 겪고 있는 그 어떤 일도 내일이면 과거가 된다. 그래서 지금 이 순간, 현재가 지혜로워야 한다. 시인 도종환의 〈흔들리며 피는 꽃〉을 생각나게 했던 참 어려운 시절이었다.

"흔들리지 않고 피는 꽃이 어디 있으랴, 이 세상 그 어떤 아름다운 꽃도 다 흔들리며 피었나니, 흔들리면서 줄기를 곧게 세웠나니, 흔들리지 않고 가는 사랑이 어디 있으랴……."

새
로
운
다
짐

　　　　　광주 전남 모임이 중앙법인의 지원으로
위기를 벗어나면서 지산동 법원 근처, 변호사 법무사 사무실 밀
집 동네에 80평짜리 세를 얻게 되었다. 전세가 왜 그리 싸나 했
더니 다 이유가 있었다. 그곳은 사람이 산 지 10년이 넘도록 버려
진 지하실 폐가였다. 어떻게 법원 근처에 이런 공간이 존재할 수
있는지 신기하기까지 했다.

　깨진 유리창, 삐거덕거리는 마루판, 늘어진 전선, 여기저기 쳐
진 거미줄, 퀴퀴한 냄새, 그리고 무엇보다 오랜 습기와 곰팡이꽃
이 천정이고 벽이고 시커멓게 달라붙은, 공포영화에서나 봄직한
지옥이 따로 없었다. 건물 주인도 철거하고 새로 지을 계획만 했

지, 이미 포기해버린 귀신들의 수용소였다.

광주 전남 모임에 남아 있던 몇몇 임원들 중에는 으스스하다며 꺼리는 이도 있었으나 이거라도 감지덕지하자는 의견이 더 많아 팔을 걷어붙이게 되었다.

귀신들의 수용소를 사람 사는 양택으로 고쳐놓고 보니 그래도 여섯 번의 이사 끝에 이런 운동장 같은 공간도 가져본다며 모두들 기뻐했었다. 항상 30평 정도의 공간을 절반씩 나누어 사무실과 도시락 주방으로 북적거리며 살다가 모두들 오랜만에 행복해했다.

내친김에 꿈도 키웠다. 14년간 도시락 백 개씩 매일 만들던 노하우가 있으니 식당을 열어 어려운 사람들을 위한 천 원짜리 '점심 공양 나눔집'을 해보자고 제안을 하게 된 것이다. 모두들 자기일처럼 동의는 했지만 그러자면 식당에 필요한 모든 장비를 새로 준비해야 하는 난제를 안게 되었다.

기존에 사용했던 주방 기구들은 말할 것도 없고, 홀에서 사용해야 할 탁자 25개와 의자 백여 개, 대형 에어컨, 히터, 정수기 등등. 주방에는 초대형 냉장고를 비롯 불판, 조리대, 대형 싱크대 및 심지어 식판에서 숟가락 젓가락에 이르기까지 필요한 부분이 한도 끝도 없었다.

법인에서 건물 수리비까지는 지원해주었으니 더 이상 손 벌릴 염치도 없었다. 나머지 식당 꾸미는 일이나 장비 구입 비용은 내가 책임질 수밖에 없는데 이럴 때마다 월급쟁이인 내 처지가 늘 아쉬움으로 남았다.

나는 가족들과 함께 중고품 시장, 고물상, 도매 가구점, 재활용 센터 등을 계속 돌아다니며 최소한의 경비로 물건들을 구입했다. 그래도 자금은 턱없이 부족했다. 어쩔 수 없이 필자가 의뢰받아 연구하고 있던 모 사찰 TI temple identity 작업 제작비용을 헐어 우선 돌려막기로 투자, 겨우 마무리를 지었다.

모두들 미친 듯이 일했다. 자기 집 살림을 위해 하라고 했다면 이렇게들 했을까? 네 번, 다섯 번 대청소를 하다 보니 쓰레기만 다섯 차가 나왔다. 썩은 잔해들을 철거하고, 부서진 계단을 고치고, 화장실을 수리하고, 단전 단수를 살리고, 마룻바닥을 다시 깔고, 페인트를 칠하고…….

일손이 부족하면 보살님은 집에 계신 처사님을 불러내고, 처사님은 보살님을 불러내기도 했다. 그래도 부족한 비품과 가구는 더 이상 사지 말자며 각자의 집에서 하나둘씩 가져오기도 했다. 트럭을 빌려오고, 리어카를 끌고 오고…….

손이 찢어지고 발목을 삐면서도 인건비가 없다 보니 몸으로 때울 수밖에 없었다. 건물 주인의 무심함도 참아야 했고, 일하다 배가 고파도 각자가 알아서 자기 주머니로 해결해야 했다.

하늘은 스스로 돕는자를 돕는다 했던가.

그때 마침 서울 길상사에 다니던 어떤 보살님이 광주 전남 모임의 어려움을 입소문 듣고 알았다며 정수기 두 대를 기증해주셨다. 또 제주도에 계신 어느 노보살님도 거금 백만 원을 시주해주시어 우리들의 의지에 불을 지펴주셨다.

상록수의 주인공 '채영신'이 따로 없었다. 모두들 법정 스님의 속가 고향인 호남 모임을 죽일 수 없다는 하나의 일념과 열정들이 있었기에 광주 전남 모임의 재건이 가능했던 것이다.

단돈 십 원 한 장 준 일 없는, 오히려 자기 집 살림을 끌고 오는 이 맑고 순수한 광주 전남 모임 가족들. 전국 여섯 곳 모임 어디에도 이런 열정과 집념으로 일하는 곳이 또 있을까. 하루 이틀도 아닌 이번 생의 업이려니 생각하고 10년 넘게 고생해준 이런 법우들이 있었다고. 그리고 얼굴도 모르는 길상사 보살님께도, 제주도 노보살님께도 필자는 이 지면을 통해서나마 진심으로 감사드리며 두 손을 모은다.

두 달 반 동안 작업을 끝내고 사무실 이사를 하던 날, 우리는 막걸리 몇 잔으로 그간의 고생을 서로서로 위로했다. 그리고 돌아가신 은사 스님의 영정 앞에서 스님의 가르침을 다시 한 번 다짐했다. '관의 힘에 의지하지 말고, 부자들에게 손 벌리지 말고, 홍보 광고 하지 말고……' 젖은 목소리로 서로의 손을 굳게 잡았다.

치
멸
수
행

       나는 불가의 초석인 탐·진·치 3독의
번뇌 중에 특히 치심 닦음에 방점을 두고 살아왔지 싶다. 해도
될 말인지 해서는 안 될 말인지, 서 있을 자리인지 앉아도 될 자
리인지, 마음을 열 때인지 비울 때인지 등을 깨치게 되면 어리석
음이 지혜로 바뀐다는 것쯤은 알고 있었기 때문이다.

  치심의 정체만 정확히 알게 되면 이것이 곧 정견正見의 씨앗이
되고, 정견 속에서는 탐욕도 분노도 다스릴 수 있다고 확신했기
에 치멸痴滅을 수행의 근본으로 삼고 살아왔던 것 같다.

  이 치심이 가장 좋아하는 벗이 교만의 씨앗인 아상이고, 가장
싫어하는 놈이 겸손의 씨앗인 하심이다. 내가 젊은 시절 법정 스

님께 최초로 배운 혹독한 공부가 치심의 정체였다. 스리랑카 참회를 통해 콘크리트벽 같은 아상의 실체를 견인할 수 있기까지 무려 4년이 걸릴 만큼 나의 어리석음도 만만치 않았다.

깨쳤다면 거듭거듭 반복된 실천의 습이 따라야 한다. 금강경 제10분에 응무소주 이생기심應無所住 而生基心이란 말씀이 나온다. '머무는 바 없이 마음을 내라.' 지금 정도의 내 생각이 옳지 못함을 알고 색, 성, 향, 미, 촉, 법 육근육경六根六境 그 어디에도 머물지 말며 즉시즉시 마음을 내어 상相를 깨뜨리라는 가르침이다.

이론상으로는 알면서도 몇십 년을 닦고 또 닦아가지만 누겁의 업장이 얼마나 두터웠을까, 이 나이에도 실수하고 후회할 때가 있다. 아마 이번 생에 머무는 동안은 평생 수행해야 할 나만의 숙제이기도 하다.

법정 스님이 떠난 빈자리가 워낙 커서였겠지만 삭발 유발 할 것 없이 제자들 사이에 서로가 크고 작은 상처를 남긴 안타까운 시절이 있었다.

1세대의 경험과 2세대의 열정이 화합하지 못한 채 염려가 간섭이 되고, 연륜과 무시가 아상이 되고, 고집과 변화가 충돌하고, 원칙과 예외가 타협하지 못했던 불변不變과 가변可變의 갈등이었다.

특별히 어느 한쪽을 탓할 수 없는 우리 모두 미처 덜 닦인 치심의 부스러기들이 일을 그렇게 몰고 가지 않았나 돌이켜본다.

그러다 결국 더 이상 추해지기 싫어서 양쪽 모두 은사 스님께 배운 대로 '버리고 떠나기'를 시도해버린 아픈 과거가 있었다. 나는 그 과정을 지켜보면서 크게 배우고 자성하게 되었다.

2012년 초, 새로운 법인 이사직 구성 과정에서 지방 모임의 추천이라는 새로운 합의를 끝까지 고사하여 나는 제2세대 이사진에도 들어가지 않았다. 내가 진실로 해야 할 일은 따로 있다고 생각했기 때문이다.

아픔은 한 번으로 족하다. 그러나 만에 하나, 앞으로 또 있을지 모를 신新, 구舊, 승僧, 속俗의 화합을 위해 어느 쪽에도 기울지 않은 무편착심無偏着心의 중간자 입장에 누군가는 있어야 했다. 한쪽으로 치우치면 시야가 좁아지고 자칫 편견의 도구가 될 수도 있다.

나는 법정 스님 배려로 처음 구성된 이사진에도 들어가지 않았다. 그래서 비교적 자유로웠고 책임의 화살도 피할 수 있었고 양쪽의 하소연을 다 들을 수도 있었다. 그러나 지금 2세대, 또 다음에 올 수도 있는 3세대, 4세대…… 세월이 흐르다 보면 빛깔은 퇴색하기 마련이다. 그들을 위해 중간자의 입장에서 법정 스님이 왜 맑고 향기롭게를 만드셨는지, 맑고 향기롭게 근본도량 '길상사'가 어떻게 창건되었는지, 은사 스님 모시고 창립멤버들이 어떤 정신으로 일을 했는지, 그 진정한 발원의 의미를 지속적으로 설

득할 수 있는 창립멤버의 한 사람…… 그래서 나는 이번 생에 머무는 동안 흔들릴 때마다 화합의 그림을 그려줘야 할 벼슬 없는 고참이 필요하리라 생각했던 것이다.

나는 '맑고 향기롭게 모임'에 관해서 만큼은 법인이 설립되기 몇 년 전인 '나누는 기쁨' 말씀 때부터 캐릭터 부탁에서 출발했으니 제1세대 그 어떤 이사들보다 군번이 빠른 편이다. 그리고 모두가 다 떠나버린 지금까지도 최전방 일선을 지키며 가급적 침묵 속에서 스승의 유지만 받들어 일할 뿐이다.

불신과 불만보다는 긍정과 희망을 얘기하고 소통과 화합의 틀을 계속 만들어가야 한다. 명령과 패권의 헤드십이 아니라 하심과 겸손의 하트십이 지켜질 수 있도록 받쳐주어야 한다. 그러기 위해서는 무엇보다도 고정관념을 내려놓아야 한다.

자에는 표준이 아니라 탄력이 있어야 한다고, 옛날의 자로 지금 세상을 재지 말라고 은사 스님께서는 내게 '거꾸로 보기'를 가르치셨고 나의 법명이 끊임없는 맑은 샘물이 되라고 '우천'이란 부처님 이름이 주어지지 않았던가.

나에게 누가 그런 권한을 주었는지, 내 스스로 그런 자격이 있는지, 치심의 상은 그만큼 닦여졌는지, 도우려다 오히려 폐나 끼치지 않고 있는지 늘 스스로의 마음을 들여다본다.

이제 남은 후반생, 그동안 스님의 격려에 기대어 '불교미술 현대화, 불교디자인 개척화' 그리고 '나눔의 행行, 보시의 삶'. 이 두 가지의 화두마저 그만 내려놓으려 한다. 30년 넘도록 그렇게 살아왔다면 이젠 굳은살이 박힐 때도 되지 않았겠는가. 나는 스승의 말년을 지켜보면서 또 하나 깨친 것이 있다면, 자유로운 영혼으로 종심소욕從心所欲 하고 싶다.

더 이상 규격과 직책과 제도 속에 나를 가두고 싶지 않다. 다만 스승의 화두이기도 했던 '나는 누구인가'를 끊임없이 되묻는 습習만은 업業으로 삼고 싶다.

스님의 메시지

　　　　　　도시락뿐만 아니라 점심 공양 나눔집
을 열면서부터 우리는 한 달에 한 번씩 김장을 해야 한다. 얼마
전 3백 포기 김장을 하느라 진이 빠진 자원활동자들에게 저녁을
사게 되었다. 술이 몇 잔 돌자 구참 가족 한 법우가 질문을 했다.

"본부장님, 궁금한 것이 하나 있는디, 거시기 그 뭐냐, 출입구
계단 우게 걸려 있는 포스터에 '여러분이 주신 천 원은 밥값이
아닙니다. 우리보다 더 어려운 이웃을 위해 쓰일 헌금입니다.' 카
아! 볼 때마다 감동시러운디 어떻게 그런 문장을 생각해부렀당
가요잉?"

곁에 있던 다른 보살이 끼어들었다.

"아따! 우리 본부장님이 누구신가. 이거 아니신가!"

엄지손가락을 치켜세우며 술 몇 잔이 효과를 내고 있었다.

"그거요? 사실은 법정 스님 메시지예요."

법정 스님이란 말에 갑자기 시선들이 내게로 집중되었다. 벌써 십 수 년 전, 그때 그 말씀이 어제 일처럼 투명하게 다가온다.

이른 아침 동국대학교 행사장에 가는 길에 나는 스님과 같은 차에 동승하고 있었다. 주행 도중 신호대기 때, 어떤 건물 앞에 커다랗게 걸어놓은 현수막을 보게 되었다. 스님은 그것을 물끄러미 바라보시더니 혼잣말을 하셨다.

"불우이웃 돕기 무료급식. 저건 어려운 사람들 두 번 상처 주는 말인데, 불우이웃에 무료급식이라……."

나는 조금 이해가 짧아 스님 혼잣말씀에 끼어들었다.

"스님, 불우이웃은 이해가 되지만 '무료급식'이란 단어도 문제가 되는 겁니까?"

"당연히 문제가 되지요. 무료급식을 제공하는 쪽은 아상을 키울 수도 있고 불우의 대상인 받는 쪽은 '나는 거지다'는 생각을 갖기 쉽지. 그러다 얻어먹는 일에 습이 붙어버리면 자포자기를 부추기는 꼴이 될 수도 있어요."

"스님. 죄송합니다만, 너무 비약하시는 게 아닌지요?"

"우천! 얻어먹어 봤어? 중생살이에 가장 어려운 게 뭔 줄 알

247

어? 어떤 조언도 어떤 도움도 포기해버린 의욕상실병이야! 지하철에 신문지 덮고 자는 노숙자들이 그래서 생겨나는 거예요."

"그렇습니까. 그럼 앞으로 우리 모임에서는 무료급식 사업은 생각할 수 없는 일이겠군요."

"그건 내 말을 잘못 이해한 거야! 예수님께서는 오른손이 한 일을 왼손이 모르게 하라 가르치셨어요. 양덕陽德이 아니라 음덕陰德을 뜻하는 말씀이야. 좋은 일 하면서도 꼭 저렇게 써 붙여야만 했을까? 지금 줄 서 있는 대상자들 입장에서 생각해볼 수는 없었을까, 그게 아쉽다는 거예요."

"아, 네, 그런 의미셨군요."

"그리고 또 하나는, 밥값으로는 어림없는 돈이겠지만 5백 원이나 천 원쯤 '자발 헌금'을 받아서 나도 돈 내고 먹는다는 자존심을 세워주는 거예요."

"아…… 그렇습니까?"

"무료급식 수준은 아예 바깥출입을 못하는 극노인이나 병자들에게 도시락이나 밑반찬을 만들어 배달해주는 상황을 말하는 거예요. 그러나 줄 서 있는 저 사람들 정도라면 동정받고 있다는 좌절감, 비애감이 들지 않도록 배려함이 먼저라는 의미예요."

"네, 역지사지, 상대방 입장이 되어 생각해보라는 말씀이군요."

"내가 우리 가족들에게 '무료'니 '불우'니 '봉사'니 하는 말을 못 하게 하는 것은 항상 차별, 분별하지 말고 평등한 입장을 잊지 말라는 겁니다. 늘 받는 쪽을 생각해서 '나누는 기쁨', '나눔의 집', '나눔의 쉼터' 등. 산다는 것은 나눠 갖는 것인데, 나눔이란 누군가에게 끝없는 관심을 기울이는 일인데……."

행사장에 거의 도착하자 스님의 말씀은 그쯤에서 거두셨지만 나는 그날 스님의 깊은 뜻을 충분히 채집할 수 있었다.

내 말이 끝날 때까지 마치 법정 스님 법문 듣는 모범생들처럼 술잔도 들지 않고 기침 소리 하나 없었다. 이 순박한 법우들…….

"본부장님, 인자사 돈 넣는 통을 왜 '헌금함'이라 했고, 함 옆에 서 있지 말라는 뜻도 이해가 되는구만요. 돈을 넣고 가건, 공짜 밥을 묵고 그냥 가불건, 와따 그렇쿠롬 깊은 뜻이 있어부렀구만요잉. 오늘 또 한 수 배워부렀네."

질문했던 처사의 너스레 때문에 한바탕 폭소가 터졌다. 나는 그때 그 차 안에서 배웠던 짧은 가르침을 광주 전남 모임 현장에서 재현시킬 만큼 내 기억 속에는 파편처럼 박혀 있었다.

무료로 베푼다고 행여 교만심 드러낼까, 무료로 받는다고 행여 상처받지 않을까, 양쪽을 다 염려하신 스님의 자비행을 배우던 시절이었다.

어둠이 짙으면 짙을수록 별들이 더욱 밝아 보이듯이 숨어 계셔도 시대를 움직이고, 침묵하고 계셔도 시대의 어른이었던 스승이셨다. 소주 몇 잔에 또 스님의 모습이 아련해진다.

마
귀
집
단

　　　　　　　　지산동에 점심 공양 나눔집을 시작한
지 일 년쯤 지났을까, 어느 날 정장 차림의 신사 한 분이 찾아오
셨다. 그러곤 정중히 사과부터 했다.

　"같은 동네에서 이런 훌륭한 일을 하고 계신 줄도 모르고 이제
야 소문을 듣고 찾아와 면목이 없습니다. 저는 이 지역구 출신인
동구의회 ○○○ 의원입니다. 앞으로 도움이 필요하거나 애로사
항이 있으면 힘 닿는 데까지 돕겠습니다."

　표정이나 태도로 보아 다음 선거를 의식한 선심용 방문은 아
닌 듯했다. 그래서 우리도 사과를 했다.

　"일을 시작하면서 동이나 구청에 폭넓게 알렸어야 했는데 설립

자 스님께서 워낙 관청의 도움에 의지하지 말라는 가르침에 익숙하다 보니 저희가 융통성이 없었습니다. 오히려 저희가 미안하게 되었습니다."

그렇게 해서 한 구의원과 인연이 시작되었다. 이따금 들르곤 하던 구의원이 어느 날 방송국 기자와 함께 찾아와 난감한 제안을 했다.

"대인시장 안에 여기처럼 천 원짜리 밥집을 하는 한 할머니가 계십니다. 그런데 얼마 전 대장암 수술을 하고 현재 병원에 계신데, 아무래도 더는 그 일을 할 수 없을 것 같다면서 누구라도 자신의 일을 대신해줄 사람을 찾아달라고 하십니다. 입장이 딱해서 이곳저곳 알아보았지만 여기밖에 없을 듯해서…… 노인이 혼자 하던 곳이라 규모도 작고 하니 이곳 인력을 나누어 도와주실 수는 없겠는지요."

우리는 시장 안에서 그런 일을 하고 있는 노인이 계신다는 말도 처음 들었고 지금의 우리 능력으로는 여러 가지로 어려운 일이었다.

그 후 할머니의 딱한 사정이 지역 방송에서 몇 번 보도되었고 일해줄 사람을 공개적으로 모집하는 듯했다. 그러나 며칠 후 구의원과 기자가 다시 찾아왔다.

"그 일을 하겠다고 선뜻 나선 사람이 없네요. 방송도 신문도 내보았지만, 부탁드릴 곳은 여기밖에 없어 다시 찾아왔습니다."

우리는 구의원 일행의 부탁을 더 이상 거절하지 못해 운영위원장과 총무가 현장을 답사, 현재 식당의 위치나 상황, 할머니의 운영 방식, 시장 상인들의 여론 등을 점검한 후 급하게 운영위원 회의를 소집하게 되었다.

"현재의 식당 상황이 몇 달째 방치해두어 매우 열악한 데다 그곳에서 다시하건 다른 곳으로 옮기건, 집세 또한 우리가 부담해야 되는데 지금 우리 재정 형편이 쉽지 않을 듯합니다."

"이곳 인력도 충분치 못한데 1호점, 2호점 운영이 가능하겠습니까? 특히 작업차 한 대 없이 매일같이 새벽시장을 보고 있는 운영위원장께서 두 배 세 배 노력과 신경을 써야 될 텐데 그게 가능하겠습니까?"

"인력소모를 최소화하자면 그곳엔 상주 직원을 한 사람 배치하여 매일 근무시켜야 되지 않겠습니까? 그렇다면 아무리 봉사단체라 해도 최소한의 유급 봉사자를 구해야 하고 또 그 급료는 어떻게 해결할 겁니까?"

대부분 운영위원들 생각과 의견은 신중하거나 반대쪽이어서 쉽게 결론을 내릴 수가 없었다. 그러나 구의원 일행은 계속 문의를 해오고 찾아오곤 했다. 사실 우리가 능력이 부족해서 그렇지 그 귀찮은 일을 마다 않고 뛰어다니며 어떻게든 주선해보고자 애쓰는 그들이 오히려 고맙기까지 했다. 더구나 그 일행들이 어

떻게 설득했는지 S백화점 쪽에서 재래시장을 퇴락시키는 원인제
공에 자신들도 도의적 책임이 있다면서 상주 직원 한 사람 정도
의 봉사수준 급료는 협조하겠다는 약속까지 받아왔다. 난감했
다. 이것도 인연인가 싶어 운영위원 회의를 다시 소집할 수밖에
없었다. 그리고 상주 자원봉사자를 중심으로 운영하되 앞으로의
모든 문제는 본부장과 운영위원장에게 일임하는 것으로 의견이
모아졌다.

인수 물품이라 해봐야 낡은 식탁 4개와 의자 몇 개, 그리고 주
방 용기와 쓰다 남은 그릇들이 전부였다. 그곳의 집세 비용 만드
는 일은 또 내 몫이 되어버렸고, 그런저런 모든 조건을 떠나 오직
'한 할머니의 소망' 하나만 생각하자고 가족들을 독려했다.
우리들은 그곳을 책임져줄 봉사자를 찾는 일부터 운영 방식과
계획, 시장 상인들의 의견과 바람을 묶어 2호점 개점을 준비하게
되었다. 그런데 그토록 열심히 뛰어다니던 구의원 일행들이 갑자
기 침묵을 지키며 일주일째 소식이 없었다. 며칠째 연락이 끊겨
우리 쪽에서 구의원에게 전화를 했다.
"정말 미안하고 얼굴이 없어 차마 연락을 못 드렸습니다. ……
그 할머니께 인수할 곳을 찾았다고 말했더니 인수한 사람이 누
구냐고 묻더군요. 그래 자초지종을 말씀드렸더니…… 단번에 '안
돼! 불교는 안 돼!' 해버리더군요. 누구라도 상관없다 해놓고 이

제 와서 불교는 안 된다니…… 저간의 사정을 다시 소상히 설명했지만 끝내 불교는 안 된다고 펄펄 뛰는 바람에 우리 모두는 뒤통수를 얻어맞은 꼴이 되어버렸고. 맑고 향기롭게에 차마 그 말을 전할 수도 없고 도움은커녕 민폐만 끼치게 되어 정말, 정말 죄송하게 되었습니다……."

참, 당황스러웠다. 사람을 돕는 일에 종교를 따지고 거절해버린 그 할머니, 굳이 할머니 표현을 빌리자면 우리는 졸지에 '마귀 집단'까지 되어버렸다. 어처구니 없고 기가 막히고 허허 참, 우리가 왜 이런 욕을…….

그 후 그 할머니는 건강이 회복되셨는지 한동안 천사표가 되어 TV 출연까지 하시며 갑자기 광주권의 유명인사가 되어버렸다. 그렇게 매스컴의 관심 속에서 지내시다 얼마 전에 돌아가셨다고 전해 들었다.

'그래 우리가 전생에 그 할머니께 빚진 게 있구나…….' 마귀 집단 대장의 아픈 기억을 내려놓으면서 그 할머니의 명복을 빌어드렸다. 왜 은사 스님께서 '홍보 광고 하지 말라' '일을 머리로 하지 말고 가슴으로 하라'고 그토록 강조하셨는지 다시 한 번 음미해보는 참 씁쓸한 해프닝이었다.

복
많
이

지
으
세
요

    《잡아함경雜阿含經》에서 이런 말씀을 보
았다. 부처님 재세 시 인도에 한 부자가 네 명의 아내를 두고 꿈
같은 세월을 살고 있었다.

  첫째는, 잠시도 떨어져서는 못 사는, 눈에 넣어도 안 아픈 아내
였고, 둘째는, 다른 사람과 처절하게 다투어 경쟁 끝에 겨우 얻
은 아내였고, 셋째는, 이따금 생각나면 찾아가 만나는 그만그만
한 괜찮은 아내였고, 넷째는, 어쩌다 저런 여자를 만났나 후회하
며 하인 취급하는 아내였다.

  이 부자는 죽을 때가 되자 돌아올 수 없는 먼 여행을 떠나게
되었음을 네 명의 아내에게 설명하고 함께 동행해주길 부탁했다.

　첫째는, 어떤 경우에도 절대 동행할 수 없다고 냉혹하게 거절했다. 둘째는, 여행 준비물은 챙겨주겠지만 동행만은 못 한다고 거절했다. 셋째는, 성문 밖까지 배웅은 하겠지만 그 이상 동행은 또 거절했다. 넷째는, 당신을 끝까지 따르겠다며 여행 준비를 바쁘게 서둘렀다.

　끔직이 사랑했던 세 여인에게는 모두 거절당했지만 그토록 미워하고 하인 취급했던 넷째 부인만은 끝까지 동행하겠다고 따라나선 것이다.

　부처님은 그 모습을 이렇게 풀어 말씀하셨다.

　"첫째 아내는 내가 가장 사랑했던 나의 '육신'이고, 둘째는 재물, 권력, 명예인 나의 '재산'이고, 셋째는 부모 형제 피붙이인 내 '혈육'이고, 넷째는 평생 내가 지어놓은 '업業'이었느니라.

　비구들이여! 나의 육신, 재산, 혈육은 그토록 귀하게 여기면서 어찌하여 선업善業 쌓는 일만은 하인 취급하며 미워했으니 다음 생에 무엇을 더 기대하리오. 모름지기 마음을 잘 닦아 수행의 덕을 쌓고 선업 또한 항상 행할지니라"고 가르치셨다.

연초가 되면 모두들 '복 많이 받으세요' '부자 되세요' 하고 인사들 한다. 받을 만큼 복들 지으셨는지……. 지어놓지 않은 복을 어떻게 받을 수 있으며, 닦지 않은 지혜를 어떻게 얻을 수 있을까. 지혜는 스스로의 수행을 통해서, 복은 타인을 위해 지어야만 쌓인다. 바로 선업을 뜻한다. 그래서 공부가 적당히 익은 불자들은 그 의미를 잘 알기에 '복 많이 지으세요'라고 인사한다.

'적선'이란 단어가 있다. 쌓을 적積 자에 착할 선善 자를 써서 '선을 쌓는다' 즉 복을 짓는다와 다름아니다. 반대로 '손복'이라는 단어가 있다. 잃을 손損 자에 복 복福 자를 써서 '복을 잃는다'

즉 복을 까먹는다라고 한다. 두 단어는 극과 극이다.

쌀 한 톨, 종이 한 장, 말 한 마디, 마음 한 자락도 함부로 버리고 잘못 행하면 불가에서는 '복 감할 짓', '복 터는 짓', '복 달아날 짓'이라 하여 엄히 가르치는 복도, 적선도, 손복도 모두 불교에서 유래된 단어들이다.

지산동으로 텃밭을 옮긴 지 벌써 두 해가 훌쩍 지나갔다. 구참 가족들과 함께 새로운 운영위원과 후원가족 영입에 필사적으로 뛰었다. 아무리 복을 파는 '복 장사'라 해도 얼굴에 철판을 깔지 않으면 도저히 못 할 짓이 또 이 노릇이다.

뜻이 통할 만한 동료나 선후배는 말할 것도 없고, 주례 부탁이나 카탈로그 서문을 써달라고 찾아온 제자들, 초등학교 동문에서 대학 동기들까지, 이따금 찾는 카페나 요식업 사장을 비롯, 심지어 천주교에 다니는 90을 바라보는 노모까지 끌어들이다 보니, 운영위원 10명에 일반 후원가족 3백 명 정도가 회복되었다. 2년 치 목표치고는 괜찮은 성적이다.

그런데 예전처럼 느긋하게 권할 때는 몰랐는데 발등에 불이 떨어져 부지런을 떨다 보니 예전에 보이지 않던 모습들이 눈에 잡혔다. 불가에 '권선도 면선面先'이라는 말이 있다. 선을 권해도 안면 있는 사람부터 찾는다는 뜻이다.

법정 스님이 만드신 맑고 향기롭게의 설립정신과 철학을, 이 모임에서 현재 하고 있는 여러 가지 사업 내용을, 기부해준 회비 액수와 동일하게 연말정산 때 세금감면을…… 직업을 의심받을 정도로 구차스레 설명을 해도 끝까지 귀가 열리지 않는 사람이 있다. 그런가 하면 아직 설명도 끝나기 전에 시원스럽게 회원카드를 써준 사람도 있다.

복 짓는 건 학력과는 아무런 관계가 없었다. 죽도록 공부하여 외국에서 석, 박사 학위 받아온 머리 좋은 교수들도 때로는 '무반응'이 답이고, 부모 복이 짧아 학교를 어디까지 다녔는지조차 희미한 식당 주인은 '실천행'이 답이었다.

대학교수라 해도 한 달에 만 원 한 장 복 짓기 어렵고, 요식업 주인은 무리하지 말라 해도 덜컥 5만 원씩 적선한다. 역시 복 짓는 일은 지식이 충만한 머리가 아니라 따뜻한 가슴이 하는 일임을 새삼 느끼게 된다.

좋은 일에 원인 지으면 좋은 결과를 얻는다 해서 복인복과福因福果라 했고, 복이란 착하고 좋은 일과 인연을 맺게 해준다 하여 복연선경福緣善慶이라는 단어가 생겼다.

복전福田은 누구에게나 주어진다. 내가 무슨 농사를 지을 것인가는 일체一切가 유심조唯心造인 내 마음이고 내 뜻이다.

선과 악은 한 밭, 한 자리에서 나오기에 복과 죄는 지은 대로 간다던가. 복 장사꾼 자주 만나는 것도 그대 복이다. 복 많이 받고 싶거든 새해에도 "복 많이 지으세요."

함
께
사
는
세
상

　　　　　내가 금생에 받은 가장 큰 행운은 사람
이 사람 구실을 하고 사는 '마음의 종교'를 만난 것이 아닌가 생
각해본다. 그리고 그 인연의 길에서 법정 같은 큰 스승을 만나
야망과 욕망의 추구가 아닌 소망과 수행의 삶, 즉 보시행布施行을
체득케 해주신 것이 가장 큰 복이었지 싶다.

　스님은 보시의 개념을 돈이나 물질로 베푼다는 사전적 의미가
아니라 '나누는 일'로 해석하셨다. 베푸는 마음에는 높고 낮은
아상이 끼어들 수 있지만 나눔에는 수직이 아닌 수평적 유대를
이룬다는 말씀으로 우리들을 이끌어주시곤 했다.

　광주 전남 모임은 그럴 만한 여유도 없지만 일절 광고나 포스

터, 현수막 한 장 없이 무작정 '점심 공양 나눔집'을 열었다. 처음 며칠은 음식을 버리지 않으려고 5인분, 10인분씩 조막살림으로 시작했으나 한 달 만에 40인, 두 달이 되기 전에 80인분의 공양을 준비하게 되었다. 입소문도 무서웠다.

돌이켜보면 북구 각화동 복지관과 협조하여 70세 이상 장애우 노인들을 위해 18년 전 도시락 3, 40개로 출발했으나, 지금은 주말을 뺀 주 5일간 도시락과 밥집, 2백 명의 공양을 준비하게 되었다.

그동안 장이 약한 노인들이 대부분이었지만 단 한 번도, 단 한 사람도 식중독을 일으키거나 불량식품 시비가 일어나본 일이 없음을 진심으로 감사하게 생각한다. 이런 게 바로 부처님의 가피이며, 자원활동자 법우들의 순수한 보시행의 결과이며, 돌아가신 은사 스님의 음덕이 도와주고 계시기 때문이라 생각할 수밖에 없다.

여유만 있다면 천 명이라도 받고 싶지만 천 원짜리 식당은 계속해서 적자였다. 아마 이마저도 후원해주는 가족들의 회비가 없었다면 한 달도 버티지 못했을 것이다. 그러나 우리는 규모가 크거나 재정 상태가 양호한 다른 NGO 단체를 결코 부러워하지 않는다.

그것은 '절대 무리하지 말고 항상 능력껏, 형편껏 하라. 아무리 가난해도 마음이 있는 한 나눌 것은 있다. 보시란 양量으로 하는

게 아니라 마음으로 하는 것이다'라는 스님의 가르침이 받쳐주고 있기 때문이다. 그런데 도시락만 할 때에는 몰랐는데 밥집까지 하다 보니 찾아 온 천태만상의 또 다른 나의 모습을 통해 공부거리가 계속 생겼다.

어떤 이는 날마다 혼자 와서 점심 공양 한 끼에 식판을 두 번, 세 번씩 머슴밥을 퍼다가 3생의 몫을 먹어치우는 짠식이 짠순이가 있고, 만날 고기반찬은 없고 풀만 준다고 화를 내는 안면신경마비증 환자도 온다. 또 날마다 오면서 단 한 번도 헌금함에 천 원 한 장 넣는 일 없는 금테 안경 아저씨도 온다. 그러나 정작 우리를 슬프게 하는 경우는 몽땅 퍼간 뒤 절반쯤 먹고 무엇이 불만인지 남은 음식은 마구 섞어 다른 사람도 먹을 수 없게 꼬장을 부리는 사람이다.

그런가 하면 식판 들고 빈자리 찾는 걸 뻔히 보면서도 끝날 때까지 버티고 앉아 계모임(?)을 치르는 아줌마 부대도 오고, 들어와서 나갈 때까지 욕을 섞어 큰 소리로 떠드는 수라계 대장도 온다. 모두 다 전생부터 굳혀온 습들을 아직도 닦지 못해 주변에 피해를 주는 또 다른 내 모습들이다.

정반대의 경우도 있다. 다리가 불편한 한 할머니는 음식이 깔끔하고 맛이 있다고 오실 때마다 민망할 정도로 칭찬을 남기고 가신다. 또 소형 트럭을 끌고 이 동네 저 동네로 매미장사 다니는 어떤 부부는 팔던 푸성귀를 한 아름씩 주고 가고, 고등학교 퇴직 교사 부부는 식사 후 괜찮다고 말려도 식당 바닥을 꼭 청소해주고 가기도 한다.

그런가 하면 요구르트 아줌마 네다섯은 자기들끼리 돌아가면서 초록색 거금 만 원짜리를 넣고 가기도 한다. 눈매가 무서운 한 할아버지는 소란을 피우거나 식사 태도가 불량한 사람을 마구 혼내주는 군기 반장 역할을 하신다.

불교에서는 중생을 네 종류로 구분한다.

나를 버리고 철저히 남을 위해 사는 헌신적인 이타행利他行의 사람, 나도 남도 같이 위하며 서로서로 돕고 사는 자리이타행自利利他行의 사람, 오로지 자신만을 위해 남을 꺾는 이기적인 자리행自利行의 사람, 나도 남도 모두 해치는 자포자기의 자해해타행自害害他行의 사람이 그것이다.

오래전에 열반하신 서암 스님 법문에 이런 말씀이 있었다.

"독하고 무지한 말로 남의 마음 내 마음을 상傷하게 하는 것도 살생이고, 물건을 함부로 사용해서 없애버리면 이 또한 죽이는 것이기에 살생이 된다. 먹다 남은 음식 버리는 것도, 하나면 되는 것을 두 개 세 개 사는 것도, 멀쩡한 옷 유행이 지났다고 버리는 것도 살생이다.

불교에서 말하는 살생의 의미를 중생의 목숨에만 국한시키지 말라. 그래서 종이 한 장, 낡은 물건 하나라도 가치 있게 사용하고, 부드러운 미소, 다정한 말 한마디, 따뜻한 마음 한 자락이 바로 방생放生이 되는 것이다"라고 하셨다.

금은 보석과 모래 자갈이 함께 섞여 돌아가는 그래서 사바娑婆 세계인 점심 공양 나눔집은 우리를 공부시키는 또 다른 법당이었다.

절
약
과
궁
상

　　　30년 전쯤으로 기억한다. 노염老炎이 한
창이던 8월 말, 안거철을 피해 스님을 뵈러 불일암에 올랐다. 날
이 워낙 더워 샘터에 갔다가 세숫대야 가장자리를 못으로 찍어
쓴 '67. 12. 3'이란 숫자를 본 일이 있다. 20년이 다 된 대야였다.

　스님께 여쭈었더니 "세월이란 옷은 아름다운 거예요"라 하셨
다. 대야가 쉬 닳는 물건도 아니고 싫증 나서 버릴 스님도 아니
다. 필자의 셈법으로 당신 열반 때까지 쓰신다면 한 50년? 그리
고 그 제자가 다시 쓰고, 그다음 대가 또 쓰고 또 쓴다면 세숫대
야 하나로 한 2백 년? 그것이 불가의 가르침이다.

　그 후 나도 새로 구입한 물건이면 무엇이 되었건 날짜를 새겨

넣는 버릇이 생겼다. 표시하다 보면 3개월짜리 샴푸도 반년을 쓰면 스스로 행복했고 두 달 만에 바닥이 나면 긴장을 하게 되었다. 전기면도기가 한 10년 썼나 확인해보니 12년째였다. 항상 느낀 바지만 세월이란 우리의 예상보다 늘 앞질러 가고 있었다.

한번은 겨울 양복 윗도리의 안주머니가 터지고 안감이 삐져나와 동네 옷 수선집에 가지고 갔다. 여주인이 물었다.

"사장님, 뭔 일 하시는 분이다요?"

"제 직업 말입니까? 왜요?"

"옛날 맞춤 양복 안주머니 우게는 이름을 새기곤 했는디, 사장님 옷에는 날짜까지 새겨져 있구만요. '93. 12. 20'일이먼 머시냐, 20년이 넘어부렀구만요. 워메. 시상에 뭔 일이당가."

"그런가요. 수선할 수 있겠습니까?"

"그러먼이라우. 너머나 반가워서. 요새 시상에 누가 요로쿠름 오래 입간디요. 떨어져서가 아니라 싫증 나서 땡게불지라우. 뭣한 양반이요? 절대 없이 산 얼굴이 아닌디⋯⋯."

자꾸 직업을 물어 어물쩍 말해주었더니 '역시 훌륭한 양반' 운운하며 낯간지러운 칭찬이 돌아왔다.

그러나 정반대의 경우도 있었다. 정장에 받쳐 입는 흰색 와이셔츠 두 장이 다른 곳은 멀쩡한데 땀에 전 탓인지 목둘레만 누렇게 변색되어 있었다. 표백제로 몇 번을 세탁해보았으나 여전히 때가 빠지지 않았다.

몇 번 고민하다가 이따금 가는 대인시장 안에 일 년 열두 달 '점포 정리'라고 유리창에 써 붙인 허름한 맞춤복집이 있어 가지고 갔다. 단지 목 칼라 때문에 차마 버릴 수가 없었다. 수선을 부탁했더니 주인은 나를 외계인 보듯 쳐다보았다. 그러곤 무엇 하는 사람인가를 또 물었다. 쉽게 대답이 나오질 않았다.

"허어, 환장해불겄네! 옷쟁이 30년에 와이샤쓰 들고 와서 칼라만 바꿔주라는 사람도 있구만잉. 나가 돌아불겄네!"

와이셔츠를 재봉틀 쪽으로 휙 던져버리는 주인의 표정이 심상치 않아 한마디 대꾸도 못했다.

"이 양반아! 묵고 살랑께 해주기는 한디. 시상 그렇쿠롬 살지 마쇼잉! 말짱하게 생긴 사람이 거시기 해불면, 시장 바닥에 사는 우리 같은 놈은 뭐 묵고 살라고 그래부요? 3만 원에 해줄랑께 차라리 한 장 맞춰불제 그라요?"

별로 잘못한 것도 없는데, 통사정해서 2만 원 주고 두 장을 수선했다. 그리고 20년 가까이 지금도 입고 있다.

어느 날 교편을 잡고 있는 큰딸애가 나를 매몰차게 공격했다.

"아빠는 만날 중용, 중도를 말씀하시면서 왜 물질 앞에서는 극단으로 가세요? 그건 절약이 아니라 궁상이에요! 제발 적당히 좀 하세요!"

"이 녀석이! 그게 왜 궁상이야?"

"아빠가 그토록 존경하옵는 법정 스님은 산에서 혼자 사시는 스님이구요, 아빠 가족과 함께 아파트에서 사는 보통 사람이잖아요! 아빠는 스님께 배우는 수준이 아니고 아예 중독이 되신 거라구요!"

"임마! 거기서 왜 법정 스님 얘기가 튀어나와?"

곁에서 지켜보던 집사람조차 적군(?)이 되어 흐뭇한 표정으로 '옳소! 동감!' 운운하며 나의 경제관념을 병적인 초궁상급으로 몰아붙였다. 하긴 듣기 좋은 꽃노래도 한두 번이지. 아이들 말 배우던 시절부터 대학을 졸업한 후까지 '법정'을 입에 달고 살았으니 지겹기도 할 것이다. 나는 근래에 와서 이런 공격을 받게 되면 죄송스러운 생각이 들어 가급적 스님 얘기는 피하는 편이다.

내가 정말 궁상을 떠는 것일까? 6.25 전쟁 이후 70, 80불 시대에 어린 시절을 보냈던 우리 세대와, 3만 불을 바라보는 시대에 살고 있는 자식들의 세대와 경제 개념의 차이가 이렇게 큰 것일까?

나는 벙어리 냉가슴으로 소리없이 외쳤다.

'이놈들아! 오늘날 이 나라 경제 기초를 누가 세웠는데! 굳이 법정 스님까지 가지 않아도 강냉이죽, 공돌이 공순이, 베트남 파병, 중동 근로자, 파독 광부 간호사, 원양어선단…… 너희들이 그런 단어 들어나 봤어? 우리 6, 70세대가 눈물과 피땀으로 세운 거야! '국제시장'? 그건 영화가 아니고 현실이었어! 우리 세대는 일 년 먹을 양식을 3년간 먹었지만, 네 녀석들은 3개월이면 거덜 날 거야! 사치와 낭비는 온갖 무리의 근본이란 말이다. 이 애비는 부처님 누더기 분소의糞掃衣나 빈자일등貧者—燈의 철학을 잊지 않

는 한, 이 꼰대는 절대로 내 식대로 살겠다, 이 개념 없는 놈들
아!'

임
은
떠
났
지
만

어린 시절 벗이었던 두 친구가 나를 찾
아 광주에 왔다. 나는 1960년대 후반기에 서울에서 고등학교를
나왔기에 서울 사는 이들은 모처럼 지방 나들이를 한 셈이다. 한
친구는 건설회사 이사로 있다가 퇴직한 상태이고, 또 한 친구는
개인사업을 하다가 아들에게 물려주고 한발 물러나 있는 50년
지기지우知己之友들이었다. 저녁 시간이 되어 나는 그들을 허름한
단골집으로 안내했다.

"법정 스님 돌아가신 후에도 맑고 향기롭게 잘 돌아가? 뭐 이

따금씩 맑고 향기롭지 못한 잡음이 들리던데?"

"본래 거목이 쓰러지면 잡음이 좀 있지 않겠어? 서서히 회복 중이야."

"근데 지난 봄 임자 서울에 왔을 때, 법정 스님 무소유의 세속 개념이 어디까지냐고 내가 물었잖아. 나 그때 꽤나 충격 먹었어."

"아, 인연 없는 물건과 친구 접대 얘기?"

"그래, 그 말을 집사람과 진지하게 해봤지. 그리고 1년은 도저히 자신이 없고 2년 이상 손대지 않는 물건을 둘이서 한 열흘간 정리했는데 와아…… 진짜 그렇게 많은 살림이 나올 줄은 정말 몰랐어."

"한 이사. 대단한 결심을 했군. 선업 많이 쌓았겠는데."

"말도 마! 응접실에 산더미로 쌓아놓고, 결혼한 애들한테 전화 했더니 반응이 별로야. 그래서 생활이 좀 어려운 조카들, 고모네, 아파트 경비실, 노인당 등 여기저기 연락을 해서 필요한 것 있으면 가져가라 했더니 뒤로 넘어지는 거야. 정말 주시는 거냐고 몇 번씩 묻더니 지네들 승용차로 하루 종일 실어 나르더라고."

"그랬을 걸세. 자네 안사람 아까워하지 않아? 대부분 엄마들이 좋은 것, 이쁜 것 보면 새끼들 시집 장가 갈 때 준다고 사 모았던 거 결국 다 버리게 되지. 세월이 갈수록 유행이 변하고, 더 좋은 것이 나오는데 요즘 젊은 사람들이 고마워하겠어? 우리가 그렇게 한 치 앞을 못 보고 산단 말일세."

"그래 맞어. 크고 작은 그릇 접시며 주방기구들이 3백 개가 넘고, 자질구레한 손지갑에서 여행용 가방까지 20개에다, 이 방 저 방 시계들이 12개나 되는 거야. 그뿐이 아니야. 옷이며 책상이며 가구며, 아아…… 우리가 그렇게 낭비하고 물질 속에 갇혀 살았더라고."

"2년 이상 것으로만 해도 임자 집이 운동장 되어버렸을걸? 자네 내외 밖에 나갔다 들어올 때마다 '이거 우리 집 맞어?' 소리 깨나 했겠군."

어쩌면 그렇게 잘 아느냐고 파안대소를 했다.

그때 곁에서 듣고만 있던 장 사장이 입을 열었다.

"법정 스님이 일 년이 지나도록 내 손길이 닿지 않는 물건은 필요한 사람과 나누며 살라는 무소유 말씀 아니야? 그래 그건 이해가 되는데 거 뭐? 친구 접대, 그건 또 무슨 얘기야?"

"응, 그 말은 어느 날 회의 말미에 한 선배가 질문을 했어. 스님은 산에서 혼자 지내시니 자기 절제가 가능하시겠지만, 저희들은 가족들과 얽히고설켜서 함께 사는데 속가에서 무소유 실천을 위한 '재물의 소유'는 어느 정도 지녀야 되는지를 여쭙더라고."

"그래 맞어. 속가의 재물 소유 기준은 뭐라 하셨는데?"

"이런 비유법으로 말씀하시더구먼. 임자들처럼 먼 곳의 벗이 찾아왔을 때 내 형편에 맞는 내 기준에서 식사 대접하고, 잠자리

제공하고, 떠날 때 교통비 수준의 노잣돈 챙겨줄 수 있는 정도.
사실 그건 불가에서 객승들이 만행을 왔을 때 해오던 오랜 관습
이지."

"요즘 세상에 그 정도야 웬만하면 다 가능하잖아?"

"그런데 문제는 그다음 말씀이야. 소욕지족하면서 그래도 여유
가 있다면 나머지 재물은 무연대비하라 권하시더군."

"무연대비? 소욕지족은 알겠는데 무연대비는 또 무슨 뜻이야?"

"이거 잘난 척 좀 해야겠군. 무연대비無緣大悲란, 아무런 인연도
없는 모르는 사람들에게 순수한 마음으로 나누는 보시와 봉사
를 뜻한다네. 아까 한 이사처럼 필요한 물건 나누어주듯 선업 쌓
는 데 쓰란 얘길세."

"아, 그래. 그래서 스님께서 맑고 향기롭게를 만드셨구면."

"어? 얘기가 또 그렇게 되나?"

유쾌하게 한바탕 웃고 있는데 안주인이 '뭐가 그리 재미있느냐'
며 한두 가지 안주를 더 해가지고 들어왔다.

"대접이 시원치 않아 미안하이, 기껏 이 정도가 내 기준일세."

두 친구들은 약속이나 한 듯 손사래를 치며 경쟁하듯 말했다.

"이보게 우천. 아까 오후에 임자 대학 캠퍼스에서 장미원도 일
품이었지만, 거기서 만난 몇몇 학생들이 임자한테 인사하는 것을
보고 '야아, 삶이란 이런 여유를 가지고 살아야 되는 건데……'

나는 젊어서부터 사우디다 중동이다 만날 건설현장만 뛰어다니며 노가다 십장으로 평생을 살아왔으니……. 이제 말이지만 난 항상 임자가 부러웠어."

"이봐, 이봐, 한 이사! 어디 그뿐인가. 이 집도 딱일세. 집은 좀 허름한 듯싶은데 따로따로 독립된 방에 안주가 이거 몇 가지야? 주인도 참 다감하고. 서울은 왜 이렇게 좀 느긋하고 정붙일 만한 집이 없는지 몰라. 진짜 인생은 우천이 제대로 살고 있어. 나도 고 교수가 부러워."

두 친구의 우정 어린 고백 때문에 우리는 모처럼 유쾌한 밤을 보냈다. 장 사장도 상경하는 대로 일 년 이상 쓰지 않는 물건을 한번 정리해보겠다고 했다.

"스님, 상식만천하相識滿天下 지심능기인智心能幾人입니다. 알고 지내는 사람이야 세상에 가득하지만, 서로 마음을 읽어주는 진실한 벗이 몇이나 되겠습니까? 스님은 떠나셨지만 당신의 가르침은 이처럼 여러 곳에서 뿌리를 내리고 있습니다. 스님 감사합니다."

"옴 살바 못자 모지 사다야 사바하"(일체의 부처님과 보리살타께 귀의합니다.)

사
람
의

가
치

        젊은 시절 의미 있게 읽었던 매슬로우 Maslow의 '인간욕구 5단계' 설이 있었다. 삼각형 피라미드를 상하 다섯 단계로 나누어 가장 밑바닥 첫 단계는 등 따습고 배부름만 추구하는 진화가 안 된 '생리의 욕구'로 보았다. 점점 위로 올라 가면서 두 번째 단계를 위험, 위협에서 벗어나 편하게 살고 싶은 '안전의 욕구'로 보았다.

  세 번째를 가정이나 직장에서 외롭지 않게 귀속되는 '소속의 욕구', 네 번째를 명사나 멘토가 되어 인정받는 '명예의 욕구'로 보았다. 그리고 맨 꼭대기 다섯 번째를 지금껏 머리 회전으로만 살아온 욕망과 소유가 아닌, 타인의 시선과는 아무런 관계 없이 스스로 홀로 피어나는 '자아실현의 욕구'라고 진단했다. 불교식으로 표현한다면 지식이 바탕이 된 머리의 삶이 아래 4단계라면, 마지막 꼭대기 5단계는 지혜가 바탕을 이룬 가슴의 삶, 즉 마음과 영혼의 삶을 뜻하지 않는가 싶다.

사람에 따라서는 젊은 나이에 일찍이 맨 위의 5단계인 자아실현의 욕구를 체득한 사람이 있는가 하면, 나이 60, 70이 되어도 첫 단계인 생리적 욕구를 벗어나지 못하는 노욕老慾과 노추老醜의 덩어리로 사람의 가치를 추락시키는 대상들도 있다.

스님께서 지난 50여 년간 쓰신 30여 권의 저서는 발표될 때마다 베스트셀러를 넘어 밀리언셀러가 된 책이 대부분이었다. 청소년 국어교과서에 실린 글뿐만 아니라 번역되어 소개된 나라도 한두 나라가 아니다. 그렇다면 그 인세만 해도 수십 억에 이를 것이다. 그 많은 재물은 어디에 어떻게 쓰셨기에……. 열반하시기 직전 서울 삼성병원에서 퇴원비가 없어 곤혹을 치를 때 삼성그룹 홍라희 여사의 시주가 없었더라면 큰 낭패를 볼 뻔했다. 그 당시 이미 언론에 보도되기도 했지만 다시 한 번 홍여사님께, 스님의 제자로서 깊은 감사를 드린다.

돌아가시기 얼마 전 서울 본부장 윤 선배께서 스님께 여쭈었다.

"지난 50년간 책에서 얻은 인세를 생활이 어려운 전국의 학생들을 위해 평생 쓰신 것으로 짐작하는데 그 명단이라도 갖고 계신지요?"

"그것만은 묻지 마시게. 결코 알려고도 하지 말게. 그들에겐 그들만의 입장이 있으이."

그래서 우리는 스님 자신이 숨어서 지은 '사람농사'에 대해선 그저 짐작만 하지, 돌아가셨을 때 조문을 와서 스스로 밝힌 몇 명만 기억할 뿐, 아무도 모른다.

이미 앞에서도 거론했지만 몇천만 원의 시줏돈이 들어오고, 대원각이라는 재물이 들어오고, 당신 능력으로 생긴 인세가 들어오고, 그밖에 내가 모른 또 다른 물질도 있었겠지만, 도대체 그 많은 재물을 얼마나 철저하게 '무소유와 나눔'으로 해체하고 분해해버렸으면…… 병원 퇴원비가 없어 쩔쩔매야 했고, 풋고추와 된장 수준으로 먹이를 삼고, 깁고 꿰맨 누더기 옷 몇 벌로 평생을 사셨을까. 지인들에게 보낸 편지도 문 바르다 남은 창호지 조각을 쓰셨고, 이젠 이름조차 생소한 스텔라 똥차를 도대체 얼마나 끌고 다니셨으며, 비록 엄동설한에 얼음을 깨며 살았어도 늘 당당하셨고, 궁색스런 모습을 단 한 번도 보이신 일이 없다.

그토록 철저하게 사신 것도 모자라 혹여 당신 떠난 뒤에라도 당신 이름으로 남은 것이 있다면 '맑고 향기로운 사회를 구현하는 일'에 써달라는 유언까지 남기셨다. 그러면서도 당신 공덕에 대해서는 단 한 줄도, 단 한마디 귀띔도 없이 끝까지 침묵 속에서 그렇게 가셨기에 우리는 그를 '국민 스승'이라 했을 것이다.

중국 양나라 무제武帝가 어느 날 달마대사에게 물었다.

"나는 평생 부처님을 지극정성으로 섬겼고 전국의 사찰 건립이나 불사를 위해, 또 스님들께 해마다 시주하느라 국고가 바닥이 날 지경입니다. 과연 내 공덕은 얼마나 되겠소?"

달마대사께서 한마디로 할을 토해버렸다.

"무공덕無功德!"

지금도 선업과 명예를 혼돈하여 자신의 선행을 홍보 광고하는 양무제 같은 매슬로우 4단계에 속하는 인물들이 의외로 많다. 머리로 하는 양덕은 자기만족을 위한 자랑일 뿐, 결코 음덕이 아닌 선업은 무공덕임을 모든 종교가 한결같이 말하고 있다.

지금 우리 모임은 20년이 넘었지만 매스컴 근처에도 못 가게 하신 바람에 별로 아는 사람이 없어 신규회원 모집에 어려움이 많다. 아마 이 글도 당신 살아 생전에 발표했다면, 처음 만났을 때 당했던 문전축객 정도로 끝나지 않았을 것이다.

지금 우리 자원활동자들 중에는 미리 연습하고 있는 60대의 교수님과 정년퇴임하신 교장선생님, 그리고 유명세를 달고 다닌 모 작가 선생님 등 다섯 분의 남자 예비노인들이 계신다. 이들은 일주일에 한 번씩 찾아와 무, 배추도 나르고 씻고 자르고, 대걸레로 닦고 빨고 말리는 일을 하고 계신다. 그리고 항상 어렵고 힘들게 사는 방문자들과 함께 식사하고 대화하고 웃고 어울린다.

생각의 차이일 뿐이다. 자선과 봉사의 후반생을 산 영화배우 오드리 햅번은 "한 손은 자신을 보살피고 다른 한 손은 다른 사람을 보살피라고 손이 두 개다"라는 말을 남겼다. 우리가 법정 스님처럼 철저한 이타행으로 살지는 못하더라도 매슬로우의 5단계 '자아실현의 욕구', 즉 머리가 아닌 가슴의 삶을 살자고 종교와 직업에 관계 없이 누구에게나 권하고 싶다.

남도에는 사람이 죽었을 때 꽃상여 위에서 리더가 부르는 이별 가인 상쇠소리가 있다.

어~어~어야리~ 어와라~.

산천초목 젊어가고 우리네 인생 늙어가네.

어~어~어야리~ 어와라~.

이팔 청춘 소년들아 백발 보고 웃지마라.

어~어~어야리~ 어와라~.

나도 어제 청춘인데 오늘날에 이리 됐네.

어~어~어야리~ 어와라~.

팔십평생 초로인생, 바람처럼 나는 간다.

그 옛날 나는 초등학교 5학년 때 어떤 미술실 기대회에 나가 장원을 하는 바람에 '미술 인생'의 평생업이 정해져버렸다. 그리고 고등학교 2학년 때 현몽 따라 찾아간 고창 선운사 참당암에서부터 나의 '불교 인생' 또한 결정되었다. 그러다 보니 일찍이 10대 청소년 시절부터 미술이 불교를 만나고 있었다.

돌이켜보니 대학시절 나에게 논리적으로 '종교미술'의 세계에 처음 눈을 트이게 해준 학자가 《종교와 예술》의 저자 반 데르레우였다.

"철학, 예술, 종교는 결코 독립된 요소들이 아니라 인간의 정신문화 속에서 철학이 바이올린 솔로라면, 예술은 현악 4중주, 종교는 심포니 오케스트라이다. 종교와 예술은 무한에서 교차한 평행선이지만 오직 신神의 품 안에서만 서로가 만나게 된다."

그 후 나를 '불교미술'로 정착시켜준 것은 마리탱이었다.

"만약 당신이 기독교 예술을 만들고 싶다면 스스로 기독교인이 되라. 그리고 그 속에서 당신의 모든 열정을 다 바친 아름다운 작품을

창조하라. 결코 작품을 '기독교적인 것'으로
만들려고 애쓰지 말라."

여기에 나의 '표현양식'을 더욱 확실하게 압축
시켜 준 것은 홍윤식 교수가 쓴《한국의 불교
미술》이었다.

"올바른 불교미술의 이해를 위해서는 형상形
象에 대한 미술적 관찰과 내용內容에 대한 종
교적 관찰이 선행되어야 한다. 또한 종교미술
이라는 표현양식에서 너무 현실적, 감각적, 물
질적이서도 안 된다. 이는 표현되는 것이 본질
本質과 반대되기 때문이다. 또 종교미술은 지
나치게 추상적, 관념적이서도 안 된다. 이는
구체성과 현존성이 결여되면 일반적 감각으로
는 파악하기 어렵기 때문이다"는 명쾌한 논리
로 나를 구체화시켜 주었다.

한때 출가를 고민했던 젊은 시절, 이러한 논리
들은 불교미술에 대한 확신의 초석이 되었다.
그래서 미술과 불교를 인연 지어준 이생의 업
은 장르와 관계없이 그것이 회화이건 디자인
이건 석학들의 안내를 받으며 그렇게 시작되

였다. 그리고 20대 후반, 수상쩍상의 법매를 거쳐 법정 스님과 인연이 닿으면서 자기 철학의 확신과 신념, 나름의 해석과 사유의 세계를 갖게 되었다.

그리고 지난 30년, 법정 스님의 다독거림에 기대어 여기까지 외길로 걸어왔지만 겨우 이 정도의 쭉정이 농사밖에 짓지 못했다. 참으로 부끄러운 수확이다.

필자는 지금 은사 스님과의 추억을 풀어가면서 감히 같은 지면에 슬그머니 졸작들을 도배해놓고 염치없는 변명을 하고 있는 것이다.

이제 남은 후반생. '불교미술 현대화, 불교디자인 개척화'라는 화두를 그만 내려놓을 생각이다. 스승에게 배웠던 '무소유와 나눔의 삶' 또한 내려놓을 생각이다. 이제 이순耳順에서 종심소욕으로 건너가는 징검다리 위에서 아직도 유유자적悠悠自適의 실체를 견인하지 못했다면 이 또한 헛 세상 살았던 게 아니겠는가.

마음 가는 대로, 붓 가는 대로 그리고, 행동해도 그것이 불화佛畵가 되고 보시布施가 되지 않는다면 나는 스승에게 무엇을 배웠단 말인

가. 지금 이 글 이후부터는 모두를 내려놓고 더는 목매임 없이 그저 달빛 향기처럼 그렇게 살아가고 싶다.

낙엽들이 간 자리에 겨울이 내리고 있다. 스스로 남은 세월을 헤아려 보며 지난날의 기억을 한 장 한 장 넘기다 보니 시나브로 한 권의 책으로 엮어진 것 같다. 이 어쭙잖은 고백이 '무소유와 나눔의 삶'을 사셨던 스승의 함자를 헐지 않고 법우들의 이해만을 발원하며, 여기까지 함께 해준 독자들에게 깊은 감사를 드린다.

그림 찾아보기

144쪽 香月

 215쪽 初八日

 169쪽 心動日業

 243쪽 入定

 197쪽 追想

 275쪽 日月庵

 208쪽 三昧香

법정 스님이
두고 간 이야기

1판 1쇄 발행 2016년 3월 7일 **1판 6쇄 발행** 2019년 11월 5일

지은이 고현
발행처 (주)수오서재 **발행인** 황은희, 장건태
편집 최민화 **마케팅** 이종문, 황혜란 **디자인** 행복한물고기 **제작** 제이오
주소 경기도 파주시 돌곶이길 170-2 (10883)
등록 2018년 10월 4일(제406-2018-000114호)
전화 031)955-9790 **팩스** 031)946-9796 **전자우편** info@suobooks.com
홈페이지 www.suobooks.com
ISBN 979-11-953221-9-0 03810 책값은 뒤표지에 있습니다.

이 도서의 국립중앙도서관 출판시도서목록(CIP)은 서지정보유통지원시스템 홈페이지(http://seoji.nl.go.kr)와
국가자료공동목록시스템(http://www.nl.go.kr/kolisnet)에서 이용하실 수 있습니다.(CIP제어번호: CIP2016004353)

도서출판 수오서재守吾書齋는 내 마음의 중심을 지키는 책을 펴냅니다.